MELISSA

偽りの王女は、竜人の国の宰相に溺愛される

椎名さえら

Illustrator
北沢きょう

この作品はフィクションです。
実際の人物・団体・事件などに一切関係ありません。

偽りの王女は、竜人の国の宰相に溺愛される

MELISSA

プロローグ

いつも足元に『見えない線』が引かれていた。

（だって私は――『見えない』人間だから）

誰《だれ》もが彼女を通り越して、その先を見ていた。

（ああ、本当に『見えない』人間だったら、よかったのに）

何度心の中で呟《つぶや》いたことだろう。

ずっとそうやって、王宮の片隅で息をひそめて生きてきた。

衣食住は与えられている。

乱暴な目にあったことはない。

暴言を吐かれたわけでもない。

だが誰かに話しかけようとしても目を逸《そ》らされる。問いかけの答えは決して返ってこない。

抱きしめられたことも、触れられたことすらない。抱きしめたことも、触れたことも。

自分の存在意義が分からない。

誰かの優しい手が頭をそっと撫《な》でてくれたような気がして、でも翌朝目覚めたのは一人きりのベッド。全ては自分の儚《はかな》い夢だったと思い知った。

それからも自分に声をかけるのは父である王ばかりだ。

だが王は他《ほか》に愛する人たちがいて、彼女を抱きしめたことすらない。わずらわしいものを見るように、彼女を見る。

そして彼が言うのは決まって、同じ。

『お前を生かしてやっているのは、いずれガラルの国のためになるからだ』

『せめてガラルの国の役に立つことだけを考えろ』

『お前など、どうなってもいい』

やがて彼女は、自分の状況を受け入れ、何も望まなくなった。

望まなければ、胸が痛むこともない、傷つくこともない。

いつしか彼女の表情は消えてしまった――『見えない』人間なのだから、誰もそのことを気にしたりはしない。

そうやって生きてきた。


だが『彼』を見た瞬間だけ、心がざわついた。彼は美しく、気高く、まばゆかった。どうしてか彼から視線を逸らすことができなかった。

けれど彼は彼女の存在を知らない。

彼は目の前を一瞬で去っていったのだから。

その記憶を胸の奥底にしまい、『なかったこと』にして彼女はそれからの日々を過ごしていた。

数年後、まさか自分の運命が彼と交錯するとはその時の彼女には思ってもみないことだった。

一章　「偽りの王女　レイン」

ガラルの国の王宮、奥深く。

そこに側近中の側近であってもわずかな人数しか知らない秘密の部屋があった。窓もないその部屋の扉が開かれる時は、王が家族や親族に極秘事項を言いつける時だけだと決まっている。

部屋の中央に置かれた椅子《いす》に座った王であるウルリッヒ三世は尊大な表情のまま、痩《や》せぎすの若い娘を見上げた。

部屋の中にはいま二人きりで、娘は驚くほどの無表情だった。質素とまではいかないが華美ではない灰色のドレスから、かろうじて貴族であるということは分かる。

簡単にしか結《ゆ》われていないが、それでも美しく輝くプラチナブロンドの髪と、優しげな印象を与えるオパールグリーンの瞳《ひとみ》が目を引く。これこそが王家の血筋であることの証明でもある。現に王の髪と瞳も同じ色合いであった。

王はとんとん、と椅子の肘掛《ひじか》けを人差し指で叩《たた》いた。

「レイン、喜べ、ついにお前が役に立つ日がきた」

喜べ、と言いながらも王の口調は淡々としている。

「まぁ、こうも言えるな。十八まで育ててやった恩を返せ。お前の母親とのことは一夜の過《あやま》ちだったのに、まさかお前が生まれるとは思ってもみなかった。その髪と瞳の色が違ったら、捨て置いたものを」

そこで王がじろりとレインを見たので、彼女は自らが返答をする場面だと知った。

「承知、しております」

レインは囁《ささや》くように答えた。

レインの母は王宮で働く下働きだった。そんな母に目をつけた王が、ある夜会の後に酔った勢いで戯《たわむ》れに手を出したのだという。不幸だったのは、母がその一夜で孕《はら》んだこと――相手が王であったこと。

王の庶子を見捨てるわけにはいかない。

だが何がしかの身分を与えられるわけもない。結局レインは生まれた時に母から引き離され、王室で飼い殺しにされることとなった。

これらは全て、王の口から直接聞いたが、不名誉だと疑いもしていない、吐き捨てるような口調だった。

母とは、一度も会ったことがない。

「お前も聞き及んではいるだろうが、先月の竜人の国との衝突は知っているだろう。代償として、王族から誰《だれ》か人質を出せと騒いでいてね。野蛮なことだ」

王が憎々しげに吐き捨てた。

この国の常識でいえば、先祖に獣の血が混じっている獣人は野蛮な存在にしか過ぎない。その中でも竜との血が混じった竜人は、特に忌避されている。なぜなら獣人の中でも竜人はとりわけ気位が高く、また永遠の命を持っているとも噂《うわさ》される特別な種族と考えられているからである。人間とはまったく異なる存在であるがゆえ、恐れられてもいる。

その竜人たちが住む国とガラルの国は隣り合っているのだ。

かろうじて国交自体はあるもののガラルの国とは緊張状態で、以前から国境付近は人間と竜人の小競り合いがたえない。

この度、国境を護《まも》る憲兵たちも交えた大きな衝突があった。国境を許可証もなしで越えようとした一人の竜人を憲兵たちが袋叩きにしたのである。のちにこれが言いがかりに近く、憲兵たちの越権行為だと分かった。当時、憲兵たちが泥酔していたことも判明した。

そして、さすがに国を護るべき憲兵たちの狼藉《ろうぜき》を竜人の国も放ってはおかなかった。

竜人の国から使者が遣わされ――見た目は人間そのものであるがやはり誰もが大柄で逞《たくま》しい身体《からだ》だったそうだ――謝罪を求めた。

いつになく強硬な姿勢で、誠意を見せろと人質を求めてきたのである。

そして最終的にガラルの国も今回に関しては非を認め、人質を差し出すことに同意したのである。

「本当に獣人というのは卑《いや》しい存在だ。竜人なんて以《もっ》ての外《ほか》だ」

それまで神経質に肘掛けを叩いていた王の指が止まった。

「だが今回に関してはどうにもならない。それで王族であれば誰でもいいと言うから、うってつけの人物がいるじゃないか、と。そう、お前なら私の血を引いている。一応、な」

王が椅子の背もたれにもたれかかる。

「レイン、ガラルの国の王女として竜人の国に向かうことを命ずる」

レインは瞬きをしたが、すぐにカーテシーをした。同意を示すその姿勢に、王は少しだけ満足気に顔を歪《ゆが》めた。

「一年だ。一年人質をつとめたらそれでいいらしい」

王の指が再びトントンとせわしなく肘掛けを叩き始める。

「だが、ただ黙って人質を差し出すのも我が国のためにならないと思ってな。……お前には極秘の任務を与える」

王の口調ががらりと変わった。

「竜人の国の宰相であるシグルトの名前は知っているな？　七年前、カロリッサが婚約するはずだった男だ」

七年前は今よりも緊張状態ではなかった。対話の末、人間の国からは王族を、また竜人の国からは宰相を出して婚約させようと話がまとまった。カロリッサは、王の姪《めい》である。それは人間の国と竜人の国を結ぶ重要な婚約となるはずだった――うまくいけば。

レインの脳裏にあの日見た竜人の国の面々が浮かんだ。婚約の話が出るとほぼ同時に竜人の国の重鎮たちがガラルの国を訪れたのである。自由をほぼ許されていなかったレインも、慶事であるということで末席での参列を許されたのだ。

（シグルト様もいらっしゃったわ）

その記憶はレインにとって鮮明である。

大柄な竜人たちにまぎれて一際《ひときわ》小柄だったのがシグルトその人だった。他《ほか》の竜人たちが様々な色鮮やかな髪色であることとは対象的に、黒っぽい髪と濃い青色の瞳だったのが印象的だった。まだ年若いようにも思えたが、竜人は長命種だから本当の年齢は分からない。

「あれは不愉快極まりない結末だったな。可哀想《かわいそう》なカロリッサが国のためと一大決心をしたというのに」

野蛮な国に嫁ぐと決まったカロリッサは四六時中《しろくじちゅう》泣いていたらしい。だが事態は思わぬ方向へ転がった。

王宮の大広間に入ってくるやいなや、シグルトが美しく着飾ったカロリッサを即座に拒絶したからだ。

『この娘は、美しくない。丁重にお断りさせていただきます』

国でも有数の美女だと評判のカロリッサを前にしたこの無遠慮な発言に、辺りは一斉に騒然としたが、誰がなんと言おうともシグルトは絶対に意見を曲げなかった。

幸いなことに、婚約はまだ正式には結ばれていなかった。そのお互いの署名と合意をもって、成立する予定だったのだ。

当然その場で破談となり、シグルトがゆったりとした足取りで王宮の大広間を出ていくのをレインは見つめていた。

（すごく……堂々としていらした）

レインは彼のあまりの凛々《りり》しさに、目を奪われてしまった。

彼女の近くを通りすぎる時、ちらり、とシグルトの視線がレインに注がれた気がして、小さく息を呑《の》んだのを覚えている。だがすぐにシグルトは他の竜人たちと共に部屋を出ていったのだった。

「カロリッサが嫁いだ今となっては、あの婚姻が果たされなくてよかったと思うばかりだがな。今回の件もシグルトが采配を振るったと聞いている。あの男のことだ、何か腹にろくでもない考えがあるに違いない」

王の指がせわしなく椅子の肘掛けを叩き続ける。

「愚かなお前にだって分かるだろう？　奴《やつ》がいる限り、ガラルの国は安心することはないのだ。だから――これを持っていけ」

王は左手に持っていた金の鎖のネックレスをレインに差し出す。小さな瓶がぶら下がっているのを見てとったレインのオパールグリーンの瞳が見開かれた。

一見普通のネックレスに見えるが、小さな瓶の中にある透明な液体は。

（い、いま、わ、渡されるということは……もしかして……以前家庭教師の先生に絶対に誰にも話してはいけないと教わった……）

ある可能性を思いつき、身体が小さくガタガタと震え始める。普段感情を表さない彼女には至極珍しいことだ。そんなレインに構わず、王が苛立《いらだ》たしげに唸《うな》った。

「何をしている。早くしろ」

弾《はじ》けるようにレインは動き、なんとか震える両手でそれを受け取った。

王が再び、椅子の肘掛けを指先で一つ叩く。

「さすがにお前も知っているな。今まで国にとって害なす相手に使ってきた、王家にだけ伝わる毒だ。これならば強靭《きょうじん》な肉体を持つ竜人ですら太刀打ちできないだろう。ネックレスの解除方法をお前だけに教える。いいか、これをどうにかしてシグルトに飲ませろ」

家庭教師に教えられた時はレインも半信半疑ではあったが、その毒の保管場所は最高権力者である王しか知らないというのは本当だったようだ。

王はいくつかの操作をレインに教え、その後にネックレスの底を三回右に回したのち、一回左に回せ、と機械的に続けた。

「シグルトを消せ。どうやって懐に入るかは自分で考えろ。お前のその貧弱な身体でも使って籠絡《ろうらく》するんだな。シグルトが陥落すればなんだっていい——猶予は一年あるわけだ。もしそれが果たせなかったら戻ってきてもお前の居場所はないから覚悟しろ。……分かったな？」

否と答えられるわけがなかった。そんなことを言ったら最後、王になんと謗《そし》られるのか想像するのは難《かた》くない。

最終的に是と答える道しかレインには残されていないのだ。

レインがぎゅっとネックレスを握りしめながら頭を下げると、王が満足げにひとつ頷《うなず》いた。

「決して油断をするな。やつらは野蛮で、浅慮で、乱暴することしか頭にない。だが確かに戦闘力だけは高い。このまま放っておくと脅威だ。お前がすることはガラルの国を救うことにつながる」

王がもう一度トン、と椅子の肘掛けを叩く。

「ようやくお前のような者が生まれてきた意味があったな」

その言葉が全てだった。

レインは感情を消した表情のまま、カーテシーをした。


秘密の部屋から出たレインは一人廊下を歩いていた。

今日は事前に王から密《ひそ》かに文をもらって、一人きりであの部屋に向かうように指示されていた。そのため側仕《そばづか》えもつけられていなかった。だがもともと『見えない』存在であるレインにはたいした違いはない。実際今も数人の王の側近や側仕えたちとすれ違ったが、誰もレインに一瞬でも目を留めたりはしない。彼女が廊下の端に寄って頭を下げていようが、歩き続けていようが、態度は一切変わらないだろう。

しかしそこで背後から声をかけられた。

「おい」

(あ、この声は……)

王宮でレインのことが『見える』人は決まっている。

いつものように無表情のままレインが振り返ると、予想通り王弟の息子である――レインにとっては従兄《いとこ》にあたるが関係性の希薄さからあまりそのような気はしない――フィッツバードが、これまたいつものようにしかめ面で立っていた。珍しいことに、どうやらフィッツバードも一人だった。

フィッツバードの父である、ウルリッヒ三世の弟は、王に忠誠を尽くすことで、またその忠誠心を周囲に見せつけることで、自身の身を守った。正妃のみならず、側妃であっても王に命令されるがまま娶ったと使用人たちが噂しているのを、レインも小耳に挟んだことがある。

『周りを固めている家臣もみな、陛下のご指示に沿っているらしいわ。野心がないって見せるのも大変よね』

『側妃のご懐妊なさるタイミングも陛下がご指示したとか』

『高貴な方の考えることは、下賤《げせん》な私たちには難しいわ』

フィッツバードは、そんな王弟の第一側妃の長男である。

非常に賢く立ち回る父親のお陰で、フィッツバードも幼い頃《ころ》から厚遇されて育った。離宮を用意され、第一側妃である母と共に暮らしていた。

『でもフィッツバード様は見目麗《みめうるわ》しいわよね。下手《へた》したら王太子殿下よりも……』

『駄目よ貴女《あなた》、口を慎んだ方がいいわ。誰が聞いているか分からないもの』

『大丈夫よ。隣の部屋って、……あの方の部屋でしょ』

『またそんなこと言って。いいから早く銀食器を磨きなさいよ』

使用人たちはレインが隣の部屋にいることを気にせず、会話を続けていた。どちらにせよレインは『見えない』人間だから、誰かには当たらないのだろう。

『この前も、とあるご令嬢がフィッツバード様のお情け目当てで寝所に忍び込んだって話じゃない？』

『お情け目当てってことは、恋人でもなんでもないってことでしょ。下手したら処罰されるのではないの……？　ご令嬢も命がけね』

『その下手したら、だったらしいわよ。手を出されるどころか、すぐに追い出されたって』

『まぁ……。でもそうよね。下手に同衾《どうきん》したが最後、相手が陛下の意に染まぬご令嬢だったらフィッツバード様もどうなるか分からないものね』

王位継承権の順位こそ低いが、母親に似て優男《やさおとこ》風の容貌の彼は令嬢たちの憧れの的らしい。彼は適齢期ではあるが婚約者はまだいない。その婚約もまちがいなく、ウルリッヒ三世が命令するのだ。

そんなフィッツバードとレインは年齢が近く、どうしてか彼にはレインが『見える』らしい。だから子供の頃から話しかけてくるのは彼だと相場が決まっていた。――ただし、優しい言葉をかけられたことなど一度もないが。

今日も彼の眉間《みけん》には皺《しわ》が寄っている。

レインはすぐに壁際に寄った。

「どうしてお前がここにいる」

この廊下は王宮でもかなり奥まった位置にあるから、普段滅多にレインは足を踏み入れない。刺々《とげとげ》しいとまでは言わないが、何かを疑うような口ぶりにレインは答えられず、視線を落とした。

「なんだ、相変わらず辛気臭《しんきくさ》い顔をしやがって」

フィッツバードの言葉に苦々しさが交じる。

昔から彼は率直な指摘をしてくるが、それでも彼はレインを『見えない』ふりはしないから、他の人よりはいくばくかの親しみを感じていた。もちろん彼とは生活圏がまったく異なるので、遭遇する回数も数えるほどだが。

「おい、何か答えろ」

そこでようやくレインは口を開く。人との会話は慣れていないが、こういう場面の切り抜け方は家庭教師から叩き込まれている。

「私にはお答えできる権限がございません」

たちまちフィッツバードの顔が歪む。対するレインの顔は無表情のままだ。

「可愛《かわい》げがない」

フィッツバードの言う通りだと思い、レインの顔はぴくりとも動かない。いつもならば厳しい指摘が続くが、今日の彼は違った。

彼はぐしゃ、と前髪をかきあげた。

「違う、そういうことを言いたいのではない。そうではなく……、もう少しだけ可愛げのある態度をすれば、俺《おれ》の婚約者候補として陛下に進言できるものを」

それは今まで思ったこともなかった話で、レインは思わず瞬く。そんな彼女の微《かす》かな変化に、フィッツバードは気づいたらしい。彼の頰《ほお》にさっと赤みが差した。

「そうしたらお前は、あの鳥籠のような部屋から出ることができるんだぞ」

（ありえない）

レインの顔からわずかな表情すら消え去る。

フィッツバードの婚約者は国益を考えた、しかるべき身分の令嬢になるに決まっている。それに万が一フィッツバードがレインを娶りたいと王に申し上げて、あの王が是と答えるはずがない。

「逃れることなど考えたこともなかったのだろう？　いいか、自分のことをもっと大事にしないと……」

そこで廊下の先で人の気配がした。まだ距離はあるが、その人影は確かにこちらに向かっている。

フィッツバードはすぐに顔をしかめると、ぞんざいに手を振った。

「誰か来たな。――もういい、行け」

その言葉を最後に、彼は踵《きびす》を返す。

（……あ！）

フィッツバードの姿はどんどん遠ざかっていく。そこで彼女は初めて自分から言葉を発した。

（きっともう、会うこともないだろうから……）

「どうぞ、これからもお健やかに」

レインは囁くと、彼の背中に向かってカーテシーをする。そして彼女も足早に自分の部屋へと向かって歩き始めた。

「……？」

フィッツバードが足を止めて振り返った時、そこにはもうレインの姿はなかった。

☆

自分に与えられている小さな部屋に戻ると、側仕えのマーシャが心配げな顔で出迎えてくれた。

「おかえりなさいませ」

「はい、戻りました。……マーシャ、少しの間一人にしていただけますか？」

他の人には考えながらではないと話すことができないが、マーシャには違う。レインの口からはすらすらと言葉が出た。

それを聞いたマーシャは頭を下げてすぐに部屋を出ていった。

マーシャはレインが生まれた時からついてくれている側仕えで、年の離れた姉のように見守ってくれている。だがそのマーシャですら、レインと私的な会話をすることは許されていない。だからレインはマーシャが何歳で、結婚しているのかどうかすらも知らないのだ。

レインはこの王宮で、まるで見えない人間かのように扱われている。王は、過ちで生まれたレインには、衣食住だけ与えておけばいいだろうと考えているのだろう。

(誰も私のことを望んではいない……)

レインの脳裏に幼い日の思い出がよみがえった。


それは物心ついてから初めて、自身の誕生日だと認識した朝のことだった。

『今日くらいはきっと誰かがおめでとうって言ってくれるはずだわ』

わくわくしながら目覚めたが、朝食を運んできた使用人はいつものように挨拶《あいさつ》だけすると口をつぐむ。今日に限って普段一番よく面倒をみてくれる側仕えのマーシャは顔を見せず、余計に孤独さが増した。変わりばえしない朝食を咀嚼《そしゃく》するうち、だんだん味が分からなくなってくる。それでもレインは、美味《おい》しいわ、と呟《つぶや》いてみた。もちろん、返事は返ってこない。一日中そんな調子で、誰からもおめでとうと言われることもなく、『見えない』レインのままだった。

夕方、廊下の向こうで父である王がたくさんの側仕えを引き連れて歩いているのを見た。

(お父様が来てくれたのに違いない！)

期待で胸を膨らませたレインの目の前で父たち一行は廊下を曲がって姿を消した。

慌てたレインは彼らを追いかけようとして足をもつれさせ、転倒してしまった。

廊下に倒れたレインをすり抜けるように使用人たちは歩いていってしまう。自分には助け起こしてくれる人も、声をかけてくれる人すらいないことをまざまざと感じさせられ、絶望したレインはその夜、泣きながら眠りについた。

(私ったらなにを今更……分かっていることじゃない)

自身が感傷的になりすぎていると頭を振ってから、レインは窓辺に寄った。

フィッツバードが『鳥籠』と称したのもあながち間違ってはいない。

小さな部屋はベッドと机、小さな本棚、それから椅子しかない。衣装簞笥《だんす》すらない。服は同じドレスをマーシャが毎朝運んでくるのだ。

かろうじて窓はあるが、レインが逃げられないようなサイズのごく小さなものだ。五階に位置するこの部屋の窓からは空を眺めることしかできなかったとしても、ないよりはましである。

レインにとって窓から空を眺めることは、日々を耐える唯一といっていいほどの救いなのだ。

彼女はぼんやりと空を見上げる。

うららかな春の日。

午後遅く。

白い雲がいくつも青空に浮かび、ゆっくりと流れていく。

自分の首にかけた金の鎖のネックレスの存在を思い出し、レインは息を吐いた。


偽りの王女として竜人の国に人質として赴く。


野蛮だと噂されている竜人たちの意に染まぬことがあればすぐに殺されるのだろうか。命は奪われなくても、どんな扱いをされるのかすら分からない。王の口ぶりからは、むしろひどい扱いをされることを期待するかのような節すら感じられた。

レインは本棚から一冊取り出す。貴族教育は、王の庶子の存在を絶対に他人に漏らさないと誓った、口の堅い家庭教師から一通り受けた。

さすがに王の庶子が文字すら読めないとなると使い物にならないと思ったのだろう。許可された本だけはいくらでも読むことができたのである。だからレインにとっては本だけが友達だった。

夜が更けるまで、レインは本を読み続けていた。

★

春のうららかな日差しが大きな窓からいっぱいに入りこんでいる竜人の国のとある執務室にて。

シグルトが政務に勤《いそ》しんでいると、赤毛の男が慌ただしく入ってきた。

「シグ、もうすぐガラルの国から王族の人間がやってくるらしいな」

「ああ」

シグルトは書類から目を上げることなく相槌《あいづち》を打つ。そんな彼の様子を気にすることなく、男はどさっと音を立ててソファに座った。

「お前が迎えに行くって？」

「そうだ。悪いが一週間ほど留守にする」

「そりゃ、いいけどよ。向こうは宰相様が直々《じきじき》に来るって知ってんのか？」

「こちらから迎えの使者を送ることは伝えた」

「うへえ」

この答えから察するに、ガラルの国はシグルトが迎えに行くことは知らないということだ。

ごつい身体に赤毛の髪のこの男は、ディーターという。シグルトの幼馴染《おさななじみ》で、見た目は二十代半ばだが、竜人のためもちろんもっと年を食っている。

ディーターは白いシャツからのぞいている鱗《うろこ》をボリボリとかいた。

竜人の男性の多くは、人型になっても胸元に鱗が残っている場合が多い。その輝きを周囲に見せつけることは異性へのアピールでもあり、また竜人としての誇りでもある。

ディーターはいたずらっぽく続けた。

「またしてもあの女を出してきたらどうする？　前にお前が婚約を断った女。名前なんだっけな……」

対するシグルトのシャツは全てきちんとボタンが留められている。シグルトは淡々と返事をした。

「その可能性はないだろう。あの後すぐに嫁いだらしいからな」

「そうなのか。さすがに既婚者は選ばないか」

ディーターは、シグルトが婚約などしない、と宣言した日のことを思い出して、苦笑した。

「あの時の向こうのオーサマの顔、すごかったよなあ。顔真っ赤にして今にも怒鳴りちらしそーだったもん。手とかプルプルしてて」

などと茶化すディーターだが、これでも彼は有能な文官である。シグルトに忠実で、彼の右腕でもある。

「それで、来るのは王子、王女？　それとも遠縁の誰か？」

「王女だとガラルの国は言い張っている」

「王女？　でも確か王女はどちらも婚約者がいなかったか？」

「ああ、王女は王女でも、なんでも深窓の王女らしい」

ディーターは顔をしかめた。

「深窓の令嬢ならともかく、深窓の王女って聞いたことないけどな」

「そうだな」

「要するに表舞台に立ったことがないってことか？」

「どうやらそうみたいだな」

「お前はそれでいいのか？」

シグルトはあっさりと頷く。

「ああ、構わん。最初からこちらは王の直系を差し出せ、とは言っていない」

「シグの今回の目的は何？」

「目的、だと？」

ディーターは自身の鱗をゆっくりさすりながら、首を傾《かし》げた。

「確かに今回はかなり大きな衝突だったし、向こうの国の役人たちが竜人を叩きのめしやがったのは向かっ腹が立ったよ。だがそんなことは今まで何度かあっただろ。なんで今回だけそんな要求を出したのさ」

そこでようやくシグルトはラピスラズリのような深みのある青色の瞳をディーターに向けた。

「まぁ、頃合いだなと思ってな」

「頃合い、だと？」

ディーターの問いかけに、シグルトは何も答えず、彼の視線は再び書類に向けられた。

こんな幼馴染には慣れている。

今はまだ、何も話す気がないということだ。

「ま、お前の優秀な頭の中では色んなことが渦巻いてんだろうけどな。どうせその女のことも調べはついてんだろ？　国家機密だろうが深窓の王女だろうが全部知ってんだろ？」

ディーターはよいしょと立ち上がると、大きく伸びをした。バキバキ、と骨が小気味いい音を立てて、思わず顔をしかめる。

首を回しながらディーターは何気なく付け足した。

「そういえばジュリアナがそろそろお前も伴侶《はんりょ》を探すべきだって言ってたぞ。あいつ、今年自分がつがいを見つけたからな」

ジュリアナはディーターの妹で、要するにシグルトの幼馴染でもある。しっかり者のジュリアナに、ディーターは幼い頃から頭が上がらない。この国の宰相であるシグルトに対してもジュリアナは遠慮なしだ。

竜人たちが番と呼んでいるのは、特別な伴侶のことである。長命種であるがゆえに、彼らには人間とは違う独自の慣習がある。

「またその話か。お前だってまだ伴侶がいないじゃないか」

「俺は適当に遊んでるから心配ねえんだってさ。その点、お前は仕事ばっかかだろ」

「俺だって息抜きはしているさ」

ディーターは卵を丸呑みにしたような顔をしたが、書類に目を落としたままのシグルトは気づいていない。

「お前ってさ、誰にでも同じ態度で、特別な相手はいないだろ。ジュリアナはそのへんも心配してたぞ」

「そうか？」

さらっと流される。要するにシグルトはこの話題を終わらせたいようだ。が、ディーターはなおも続けた。

「……まだ『あいつ』のこと、引きずってんのか？」

シグルトは書類から視線をあげて、幼馴染を見た。いつも飄々《ひょうひょう》としているディーターが、真剣な表情をしている。

「何のことか、見当もつかない」

シグルトは穏やかに応じた。

「そうか……つっこんだことを聞いて、悪かったな」

「構わないさ」

ディーターはそれ以上追及せず、挨拶をすると部屋を出ていった。幼馴染が部屋を出ると、シグルトは短い息をつく。彼は執務机から立ち上がると、窓辺に寄った。空はどこまでも晴れ渡っていて、シグルトは青い瞳を細めた。

☆

レインが出立する日は、朝から土砂降りの雨だった。

(雨ね……)

ガラルの国の神は、天気を司《つかさど》ると信じられている。天気が良い日が続けば農作物も豊作になるから国が栄えることにつながり、神のご意向に沿えたのだと安心する。反対に天気が悪い日が続けば、何か神の御心に反しているのではないかと王に仕える大神父が大聖堂で、王や側近たちごく一部の者だけしか参加を許されない特別な礼拝を行う。

王は普段から『見えない』存在であるレインに礼拝に参加することを許さなかったし、彼女自身はそこまで深い信仰心があるとは言えないかもしれない。だがそんな彼女でも、自身の出立する日が土砂降りの雨というのは心を重くした。

出立の日が決まるまで、なかなか両国が合意に達さない事柄があった。それはガラルの国が、竜人の国に人質を預けることになった件を、経緯を含めどのように国民に発表するか、ということだ。

ガラルの国としては、人質を竜人の国に差し出すことは公的に発表したくはない。そもそもの発端が国の憲兵であったからなおさらで、とにかくガラルの国民の反感をかうことは避けたい。一方で竜人の国は事実の公表を強く求めた。

しばらくのやり取りの後、ようやく結論が出た。ガラルの国では新聞に事実のみ載せることとなった。国同士の取り決めにより、一年間竜人の国にしかるべき人を預けることとなった、と。人質であることは読む者が読めば分かるが、一言も触れない。もちろんレインの名前は出さないし、全てはあくまでも秘密裏に進められていたのだ。

一方で竜人の国では、大々的に発表されたという。お互い見て見ぬふりをしようということで落ち着いたのだ。そしてようやくレインの出立の日取りが決められた。

それが今日なのである。

偽りの王女として竜人の国に赴くことが決まってから、情報が漏洩《ろうえい》することを恐れた王によって自室から出ることが許されず、家庭教師との学びすらも禁止されてしまった。

だが、いつものように彼女は自分の運命を静かに受け入れ、自分に渡されたネックレス、課された命《めい》、そのことについて考え続けていた。

――そして、一つの答えにたどり着いていた。

その答えにたどり着いた時、それまでずっと漣《さざなみ》だっていたレインの心はようやく落ち着いたのだった。

窓に叩きつけるような雨が降り続いているのを眺めていたレインは、そこで振り返る。

「マーシャ、今までお世話になりました」

彼女は側仕えに心からお礼を告げる。これから彼女は人質となる。竜人の国からは一人の側仕えも連れてこないようにと申し伝えられている、と王が書簡で記してきた。その書簡は王の側仕えの手によって、すぐに破棄された。

生まれた時から側にいてくれたマーシャは、両の瞳にいっぱいの涙をためている。たとえ世間話をすることはなくても、彼女は本当にレインに尽くしてくれた。

他の使用人はレインを空気のように扱った。

だがマーシャだけは違う。誰の目にも留まらずに生きていたレインにとって、マーシャはいなくてはならない人だった。マーシャがいてくれることで、かろうじて自分は誰かに『見えている』、と感じられたからだ。

マーシャは他人の目がない時を見計らってレインに親切にしてくれた。レインの生活に気を配って、細々とした世話を焼いてくれた。どうしてかレインが落ち込んでいる日に限って、マーシャはレインが好きな温かい飲み物を準備してくれたり、いつもよりも長く側にいてくれたりした。

それがどれだけレインの心を救っていたのか、言葉にはできない。

マーシャはすうっと息を吸い込んだ。

「レイン様、これを」

囁くような声と共に差し出されたのは、薄紅色の紐《ひも》だった。レインが瞬いていると、マーシャは囁き声で続ける。

「レイン様の御母上から預かったものです」

はっとしたレインがマーシャの顔を見ると、彼女はゆっくりと頷く。

「レイン様を産んだ後にすぐに王宮を出ることになり、二度と近づくなと命令されたのです。この紐は、彼女がいつか娘に渡してくれ、と私に託したものです」

マーシャが腕を出すようにと身振りで示し、レインは従った。ブレスレットのように、レインの左手首にその紐を結んでくれた。そしてその紐を隠すように、レースのリボンを上から巻いてくれる。

今日は人質として出立する日。さすがにいつもよりも少しだけまともなドレスだから、レースのリボンをしてもそこまで目立たない。

「今日しかない、……と」

マーシャの囁き声が震えて、だんだん消えていく。渡すならば出立の今日しか確かに機会はないだろう。レインは『見えない』ものとして扱われているが、監視の目は鋭い。だが今ならば豪雨のおかげでたいていの物音はかき消してくれるはず。

「ありがとうございます」

レインはそのレースのリボンを、その下に巻かれた紐を思った。

これは今まで実体のなかった母というひとが確かに存在した証《あかし》だ。この紐を――使用人だったのだろうからほとんど所持品はなかったのだろう――渡して欲しいと願うくらいにレインのことを想っていてくれたのだ。

（おかあ、さま）

心の中で呟くと、胸の奥に疼《うず》く痛みがわきあがる。その痛みは、レインにとってあまり馴染《なじ》みのないものだ。痛みを感じないように、感情を押し殺して生きてきたから。

胸が痛んでも、これもまた今までそうであったように、レインの表情はぴくりとも動かなかった。

（これは私だけのものね……）

今まで、レインに自分の所有物と呼べるものは何一つなかった。服や本は、王宮の所有物で彼女のものではない。レインに許されているのは、自室の窓から眺める空だけ――それも時間が経《た》つと姿を変え、同じ空は一度だってなかったけれど。

マーシャにとって今日これを渡すことは、大きな規律違反にあたるかもしれない。けれど、レインのために勇気を振り絞ってくれたのだ。

レインはそっとマーシャの手に触れた。

「これからどうされるのですか？」

レインというい わゆる『見えない』人間のために働いていたマーシャの今後が心配だった。王はレインの存在をどうあってでも隠し通したいだろうから。秘密を知っているマーシャを王宮はどうするつもりなのだろう。

マーシャが唇を震わせる。

「貴女というお方は……！　私のご心配など、レイン様がされる必要はないのです……！　王宮の外に出ることは叶《かな》いませんが、第二王女様の側仕えとして働けることとなりましたからどうぞご安心くださいませ」

何かを覚悟したかのような言葉だった。

レインは、静かに頷いた。


泣きやんだマーシャに見送られ、王たちが待ち構えている広間に足を向けた。

その広間には王だけではなく、王妃、それから王子と王女たち、また幾人かの国の重鎮たちが待っていた。後方には王弟やフィッツバードの姿もある。王と王妃以外は立ったままで、これから特別な儀式があることを物語っていた。

彼らはレインを見て、一様に驚いた顔をする。今まで一度だってレインを『見えている』扱いをしなかった彼らのこの反応を内心不思議に思った。

「ようやく来たか」

玉座に腰かけた王が呟く。それから王はレインに目を留めると、他の人と同じように息を呑んだ。

「ふん、飾り立てればそれなりに見られるものだな。器だけは立派というわけだ」

いつもより上等なドレスに、化粧はマーシャがしてくれた。どうやら普段とは少し違うように『見えた』らしい。

だがレインは相変わらず無表情のままだ。レインがカーテシーをしてから姿勢を戻すと、王がわざとらしく咳払《せきばら》いをした。

「我の前へ」

命令されるがままに玉座の御前へと足を進めた。とん、と王の指が椅子の肘掛けを叩く。

「もうすぐ竜人の国から使者が到着して、お前を連れていく手はずになっている。レイン、お前を一年間の期限付きで仮初《かりそ》めの王女とする――同席している全ての者が証人だ」

静寂の中で、誰かが微かに息を呑んだ。フィッツバードだったかもしれない。レインが承諾の意を示そうとすると、後ろの扉が予告なしに開き、複数の足音が響いた。

「なっ……!?」

王が玉座から立ち上がろうとしたその時、レインの隣に誰かが並ぶ。レインが見上げると、ラピスラズリのような青い瞳が彼女を捉えていた。

「お、お前は、シグルトではないか……!?」

王がその名前を呼ぶと、シグルトの視線はレインからウルリッヒ三世へとうつった。レインは呆然《ぼうぜん》と、シグルトの顎《あご》のラインを見つめるばかりだ。あの日、遠くから見つめていたシグルトが、彼女の隣に立っている。それはとても現実とは思えないことだった。

シグルトから王への返答は短かった。

「いかにも」

「どうしておま……いや、貴殿が……？」

シグルトがくいと顎をあげる。

「必要があるから参りました」

「来る必要がある、だと……？」

「ええ」

「聞いていないぞ？　そもそも一体誰がここへ彼らを通したんだ!?」

王の視線は広間の後方に逸《そ》れたが、シグルトは軽く肩をすくめただけだった。

「ご存知でしょうが、俺は竜人の国の宰相です。だから敬意を持ってここに通してくれたのでは？　そもそも別に密談をするための場所ではないでしょう？」

レインの心臓がドキンと嫌な音を立てる。

（密談をするための……？）

レインはふとシグルトはこの国で起きていることのほとんどの出来事を知っているのではないか、

と考えた。

その上で、これはシグルトの挑発なのではないかと。

だがさすがにいくらシグルトが優秀だからといって、あの部屋での会話を彼が知る由《よし》はないだろう。

「そ、それはそうだな。だが私はてっきり使者が来るとばかり……」

そこで王の口調が揺れた。

複数の足音が響き、シグルトの後ろに青い髪と緑の髪の男が立ち並んだ。竜人たちは全員甲冑《かっちゅう》を着込み、また立派な体格をしている。シグルトは彼らの中では一際小柄であった。

（だけど気迫が、全然違う……）

誰が見てもこの三人の中で主導権を握っているのはシグルトだと一瞬で理解するだろう。理知的な顔から放たれている視線の強さが桁違いだった。

シグルトは鼻を鳴らした。

「前回のような傷物を差し出されると我が国の名誉に関わりますので足を運んだだけのことです」

「き、傷物、だと……？」

シグルトの口調は丁寧《ていねい》だが、内容は辛辣《しんらつ》だった。

王が何かを言いかけたが、シグルトが切り捨てるように続ける。

「私が何も聞き及んでいないとでもお思いですか？　どうやらあの女性は、結婚した後もその癖は直っていないと伺いましたが」

「ぐっ……」

自身の姪を貶《けな》されたが、どうやら思い当たる節があるらしい王は言葉を呑み込んだ。シグルトが皮肉めいた笑みを浮かべた。

「それで今回はこの女性が選ばれたのですか？」

シグルトはレインを指し示す素振りを見せた。

「……そ、そうだ」

王が二回頷く。

シグルトが王からレインに視線を移した。

レインと視線が正面から合う。

（あ……）

とくん、と心臓が跳ね上がる。

不思議なことにシグルトの眼差《まなざ》しがどこか優しく感じられた。シグルトのラピスラズリのような青い瞳が細められたと同時に、彼は再び王に視線を戻す。

「王女、とお伺いしましたが？」

「……王女は、王女だ」

「ですが、この国の王女は二人しかいらっしゃらないはずですよね？」

シグルトが顎でしゃくった先の第一王女と第二王女は怯《おび》えたかのように身をすくませる。その反応を見てシグルトが冷酷そうな笑みを浮かべた。

「嘘《うそ》はいただけませんね、陛下」

この場を掌握しているのはシグルトだった。皆、この会話の行き着く先を固唾《かたず》を呑んで見守っている。

「う、嘘ではない。彼女は間違いなく私の血を引いている。そもそも条件は直系の子供ではなくていいということだったではないか」

そこまで愚かではなかったらしい王はそれ以上は明確な言葉にはしなかった。

「要は、『偽りの王女』ということですか」

「い、偽りなどでは……」

「ですが、『本当の王女』ではないでしょう?」

「そ、それは……」

王の反論は小さく消えていった。王は、シグルトが数年前と同じく踵を返して部屋を出ていくだろうと考えているのに違いない。もちろんレインもだ。

(私みたいな娘が人質ではシグルト様はご満足されない。私なんて人質になる価値すらもない……後で陛下がお怒りになられる可能性が高いわ)

自分の処遇は今よりも悪くなるだろうか。

レインが諦めまじりにそう思ったその瞬間、シグルトが口元を緩める。

「今回は、非常に賢明な選択をしてくださった」

王がぽかんとする。王だけではなく、この部屋にいる誰もがシグルトを見つめるばかりだった。王がせわしなく瞬きをした。

「賢明、な、選択、だと……？」

「ええ。彼女を我が国に受け入れましょう」

「……なん、だと？」

王の問いかけにシグルトははっきりと頷いた。王の顔が安堵《あんど》のためか、歪んだ笑みのようなものを作った。

「は、はは……それは、よかった」

「ええ。我が国としては一年とは言わず、何年でもご滞在いただいても」

シグルトの言葉に王が目を見開く。

「それで貴殿たちが納得するなら、それでも全然構わない」

厄介《やっかい》払いができる、願ったり叶ったりだ、そんな王の心の声が聞こえてくるようで、レインはそっと視線を落とす。

シグルトは淡々と応じた。

「では、そのように調印書を書き換えていただきましょうか。とはいえ、彼女の意思もあるでしょうから、まずは一年後に使者を送っていただければと思いますがね」

床を見つめていたレインは目を見開いた。

（……彼女の、意思？）

王も唖然《あぜん》としたのか、しばらく沈黙が続く。

ふ、とシグルトが笑んだような気配がした。

「それでよろしいでしょうか？」

「あ、ああ……」

「それで、私が目を通すべき調印書はどちらに？　条件の書き換えが必要ですね」

「そ、それは……控えの間に……」

その返事におざなりにシグルトが頷いた。

「ではそれが終わり次第、我らはすぐに発《た》ちます――『姫』」

突然シグルトに話しかけられたレインは一瞬反応に遅れた。そんなレインに、苛立ちまぎれの王の叱責が飛ぶ。

「愚図愚図《ぐずぐず》するな。尋ねられたら、すぐに返事をせんか！」

「は、はい、申し訳ございません」

だがシグルトは怒っているようには見えなかった。彼がレインに話しかける口調は穏やかだった。

「我が国へ共に連れていきたい者はいらっしゃいませんか？」

誰一人付き添いをつけてはならないのではなかったか。レインが王を見やると、彼は苦虫を噛《か》み潰《つぶ》したような顔をしている。

「シグルト閣下、彼女に敬語を使う必要はありません」

王がそう告げると、シグルトは品よく片眉《かたまゆ》を上げてみせた。

竜人たちが野蛮で粗野だというのはこの国では常識だ。そんな竜人の言葉を信じるなんて、となじられるだろうか。だが瞬間的にレインは先ほどのシグルトの瞳の優しさを信じた。

「姫、いかがでしょう？」

王の言葉が聞こえなかったように、なおも丁寧な口調を崩さないシグルトへ、勇気を振り絞って答えた。

「ずっと側仕えをしてくれていたマーシャを……彼女が望むなら」

王の顔がさっと歪んだのがレインの視界の端に見えた。そしてシグルトには躊躇《ためら》う素振りは一瞬たりとてなかった。

「承知致しました」


シグルトたちが部屋を退出しようとすると、王にレインだけが呼び止められた。

「最後の祝福を彼女に与えたい。調印の場には私の全権を委《ゆだ》ねた彼と向かってくれ。先ほどの変更を加えた上で、サインをしてくれたらそれでいい」

王が同じ広間で今までの成り行きを見守っていた側近である宰相を指さした。シグルトの瞳にさっと何かがよぎったが、そのまま頭を下げる。竜人たちが宰相と去ると、王はとんとん、と苛立たしげに椅子の肘掛けを叩きながら、レインに告げた。

「彼らが乱入してきて途中になってしまったが、仕方ない。分かっているな、レイン。自分のするべきことをしろ。絶対に果たせ。いいか、絶対に、だ。お前などどうなっても構わん。間違っても阿呆《あほう》のふりをするな。あいつらに気に入られて、油断させろ」

怒涛《どとう》のように王の言葉が押し寄せる。

いつものようにレインには答える隙《すき》はなく、彼女はただただ王のよく動く口を眺めるばかりだ。

「使えるものはなんでも使え。ただし、お前に与えられた時間は一年だ。一年後に何かの形を見せろ。私の言っている意味が、分かるな？」

レインはすっと背を伸ばして、口を開いた。

「承知しております」

ふん、と王は鼻を鳴らした。

「しかし側仕えを連れていくなんてよく言えたものだな」

王がぶつぶつと文句を言っている。だがそれ以上は言われなかったので、彼にとって使用人の一人が取るに足らないものだと分かる。

「とりあえずこれで良いな、サカールディア」

王が王妃の名前を呼んだ。王妃は『見えない』レインを通り越して自分たちの娘たちを見ている。王妃の視線には安堵の色がありありとにじみ出ていた。

「もちろんでございますわ、陛下」

「ようやくこれで煩わしい問題の片がついたな」

「さすが陛下でございます」

うむ、と王はようやく満足げに息を吐いた。

「シグルトがまさかこの娘でいいと言うとは思わなかったが……さすが竜人はゲテモノ喰《ぐ》いなのだろうな。こちらも邪魔者が始末できて幸運だった」

「陛下」

さすがに王妃が窘《たしな》める。だが本気ではないだろう。

王妃だけではなくこの広間にいる誰もが、レインを生贄《いけにえ》として竜人の国に差し出せたこと、それをシグルトが認めたことに安堵しているのが伝わってきていた。

フィッツバードだけは顔面蒼白《そうはく》だった。だがもちろん、彼が何か発言するということはない。

「口は過ぎたかもしれんが……真実だろう？」

くっくと王が笑うと、今度は王妃も咎《とが》めなかった。そこでようやく王が立ち尽くしているレインを思い出し、彼女に向かって手で振り払う動作をした。

「次にこの国に足を踏み入れる時は、良き報《しら》せを持ってくるように——いいか、お前ごとき、ガラルの国のために役立つしか価値はないんだ」

レインは黙って頭を下げる。

「生まれた時に殺されなかった恩を返せよ。去れ」

そのままレインは部屋から追い出され、目の前で扉が閉められた。

息をつく間もなく背後から声をかけられる。

「姫」

レインが振り返ると、王の従者と共に竜人の一人が待っていた。青髪の、やはり立派な体格の彼はサンダーギルと名乗った。彼は穏やかな表情でレインを見下ろした。

「シグルトが待っております。私と共にお越しください」

レインは小さく瞬きをした。

（この人には……私が『見えている』んだわ……）

彼女は自分の手を握りしめた。

先ほどのシグルトもそうだった、とレインは思い返した。そしてサンダーギルはレインをあくまでもこの国の王女として扱おうとしてくれている。

（私に敬語なんていらないと……伝えたいけれど……）

だが先ほどウルリッヒ三世自らがレインを仮初めの王女として認定したばかりだ。仕方なく、黙ってサンダーギルに従い、シグルトたちがいる部屋へと向かった。

部屋に入ると、シグルトはすでに調印を済ませて、彼女を待っていた。椅子から立ち上がったシグルトはやはりとても凛々しかった。

そのシグルトがレインに尋ねる。

「祝福は受け取られましたか？」

事実とは違うが、レインは小さく頷く。

するとシグルトがレインの目の前に来て、自分の腕を差し出した。

（え……!?）

エスコートをしてくれようとしているのだろうか。礼儀作法の知識としては知っているが、今まで『見えない』存在だったレインは実際にエスコートをしてもらったことがない。

「姫？」

シグルトの声が響き、レインは固まっている自分に気づいた。

「怖いのではないだろうか、シグが」

彼らの後ろでサンダーギルが面白《おもしろ》そうに声をあげた。

「俺は取って食ったりしませんよ」

シグルトはあくまでも真面目《まじめ》な表情でレインを見下ろしている。ようやくレインはぎくしゃくと動いて、シグルトの腕に自分の手をかけた。

(すみません、と謝罪するべきかしら。でも仮初めの王女だとしたら……言ってもいいことなのかしら)

レインは無表情なまま、頭の中では様々なことを考えていたが結局、何一つ言葉にはならなかった。そんなレインに気づいているのか気づいていないのか、シグルトがのんびりした口調で言った。

「よし、これでいい。さあ行きましょうか」

彼の言葉にレインは救われたような気持ちになった。だがすぐに重苦しい考えが彼女を覆う。

(阿呆のふりをするな、と陛下に言われたばかりなのに……。慣れていないのは理由にならない。とにかくすぐに答えなきゃ。せめて、はい、いいえ、くらいは……)

これだけの体格差なので歩幅が随分違うはずだが、無理なく歩けた。シグルトは女性のエスコートに慣れているのかもしれない。だがレインはそんなことに気を配る余裕もなく、これから自分がどう振る舞うかで頭がいっぱいだった。

俯き加減で外に出ると、先ほどまで土砂降りだった雨はいつの間にかやんでいた。

「意外だな。あれだけの豪雨がこんなにすぐにやむとは」

シグルトがぽつりと呟く。

（雨がやんだ……ガラルの神は私が出立することを望んでいらっしゃった？）

先ほど自室でガラルの神について考えていたからかそんなことをレインは考えた。

（やはりガラルの神からしても、私はいらない人間だったのだろうか）

王宮の外門前には、とても頑丈そうな、大きな馬車が三台停められていた。大柄な竜人たちが乗るから当然だろうか。

待っていた御者がシグルトの姿を認めると、踏み台を引き出し、それから扉を開いた。

「姫、後ろを御覧ください」

そこでシグルトに声をかけられた。振り向くと、そこには息せき切った彼女の側仕えと緑の髪の竜人が立っていた。

半ば信じられない気持ちで彼女の名前を呼ぶ。

「マーシャ？」

「はい、私です……！」

マーシャの顔に浮かんでいたのは、今まで一度も見たことがない笑顔だった。

「どうか私も一緒に連れていってくださいませ……！」

思わずレインが隣に立っているシグルトをぱっと見上げると、彼は軽く肩をすくめた。

「俺はできない約束はしませんので」

レインは躊躇うことなくその場で深く膝《ひざ》をつこうと身を屈《かが》めた。慌てたのはシグルトだった。

「待ってください、お気持ちは十分に伝わりました……！　お召し物が汚れてしまいますからどうぞ姿勢をお戻しください」

確かに先ほどまでの雨で地面は泥水でぐちゃぐちゃになっている。だがレインはそんなことは何一つ気にならなかった。こんなに衝動的な行動を取ったのは、生まれて初めてのことだ。それだけ彼女は——そう、嬉《うれ》しかったのだ。

シグルトはレインに馬車に乗るよう促した。

「これでもう心残りはないですね？　さあどうぞ、手を貸しますのでお乗りください」

二章　「竜人の国へ」

マーシャと他《ほか》の使者は後続する馬車に乗り、シグルトと二人きりとなった。余裕のある空間ではあったが、シグルトの迫力に押されて空気すら薄いように感じられる。

(私が緊張しているだけだわ)

レインは座席に腰かけ、いつものように何も感じないようにと心がけることにした。スカートを少しだけ握りしめ、馬車の車輪の音に集中する。そうすると動悸《どうき》が少しだけ収まった。

しばらくして、シグルトから質問が飛んできた。

「貴女《あなた》のお名前をお聞かせいただけますか？」

レインは深呼吸をする。

今まで人と会話らしい会話をしたことがないが、なんとかこなしていく必要がある。家庭教師から習った礼儀作法や、今まで本で読んだ会話のフレーズを思い出しながら、レインは言葉を押し出した。

「閣下、私に敬語を使っていただく必要はありません」

かろうじて声は震えなかった、と思う。シグルトは一瞬黙ったが、すぐに頷《うなず》いた。

「承知致しました。その方が貴女が気楽なら――では君の名前は？」

向かいに座ったシグルトが改めて名前を尋ねた。彼は馬車に乗る時に甲冑《かっちゅう》を脱いで軽装になってい
た。
「レインと申します」
本物の王族なら国名を名字とするだろうが、自分は違うから告げなかった。それをどう思ったのか
シグルトがじっとレインを見つめる。その視線に遠慮はなかったが、決して不躾《ぶしつけ》ではなかった。レイ
ンもシグルトと視線を合わせた。すると彼のラピスラズリのような瞳《ひとみ》が一瞬丸くなったように思えた。
顔を逸《そ》らしたのはシグルトが先だった。彼は左手の親指と人差指で自分の目元を揉《も》みこみ、それから
両腕を組んで瞼《まぶた》を閉じる。
「これから我が国に到着するまで数日かかるが、途中で宿泊するつもりはない。長旅になるから休め
る時に、休むように。今から俺《おれ》も休むことにする」
顔の表情には出ないものの、内心レインは驚く。
(人質である私に、休んでおけっておっしゃってくださるなんて)
そしてシグルトはどうやら一瞬で眠ったらしく、すぐに寝息を立て始める。レインは改めて彼の姿
を視界に収める。
(ああ、なんて、美しい方なのだろう)
あの日も王宮で彼を見つめていた。
冷静な口調でとてつもなく辛辣《しんらつ》なことを言い放つ、どこか殺伐とした雰囲気すら漂わせていたあの
日であっても彼から目を逸らすことができなかった。

しばらくレインはぼんやりと、彼の端正な顔を眺めていた。今は閉じられているが美しいラピスラズリの瞳、高い鼻梁《びりょう》、引き締まった薄い唇。

よくできた人形のように整っている。

（本当に人間と変わらない……）

やがて彼女はシグルトに見惚《みと》れている自分に気づき、動揺した。目のやり場に困ったレインは、馬車の外へ視線を移した。

（……外、だわ）

生まれてこの方、王宮から外に出たことのないレインにとって、この窓の外に広がっているのは初めて見る景色だ。

先ほどまでの雨が嘘《うそ》のように、雲の合間から光が差している。

貴族の住んでいる邸宅が並ぶ地域は、まだ静かだった。石畳の大きな道を挟んで、大邸宅が立ち並ぶそのエリアを抜け、街の中心部に近づくと突然活気あふれる光景となる。

馬車の行き来も激しいが、道を歩いている人の多さにレインの視線は釘付《くぎづ》けになった。

（すごい、なんてみなさん生き生きとしていらっしゃるのだろう）

彼女はどこか浮き立つような気持ちになったが、それでも表情は変わらない。たくさんの屋台が並ぶ区域に差し掛かると、彼女の興奮は最高潮となった。

（本で読んだことしかないけれど、あれが商店よね……？　何を売ってらっしゃるのかしら、色がとても綺麗《きれい》で――）

思わず馬車の窓に手を伸ばしかけた。

小さな咳払《せきばら》いが馬車の中で響き、レインは我に返った。同時に冷水を浴びせられたような気持ちになる。

(私ったら、何を……!)

窓に伸ばしかけていた手を膝《ひざ》に戻した。ぎゅっとスカートを握りしめると、おそるおそるシグルトに目を遣《や》った。

「……?」

覚悟したようにシグルトが自分に目くじらを立てているようなことはなかった。彼は未《いま》だ目をつむり、先ほど見た時と同じ姿勢のままでいた。

だが、自分が立場を忘れて外の景色に夢中になっていたことは変わらない。

レインはあくまでも人質なのだ。

レインは窓から視線を自分のスカートに戻して、小さく息を吐く。それから彼女は強《し》いて窓の外を眺めないようにした。頭の中に、昨日まで読んでいた本の一節を浮かべることにした。これは一人で長い時間を部屋の中で過ごさなくてはならないレインの、時間のつぶし方の一つだった。

彼女がそうして昨日読んでいた本の半分ほどを思い返したその時、目の前のシグルトが身じろぎした。

「なんだ、起きていたのか」

シグルトの声は掠《かす》れていた。その声に誘われるように視線を移せば、シグルトはすっきりとした表情だった。彼が眠っていたのは、時間にしたら一時間ほどだろうか。シグルトは再び瞼の上を軽くマッサージすると、軽く肩を回してからレインに尋ねた。

「腹が減らないか？」

（えっ……？）

その質問は意外すぎて、レインは混乱してしまう。表情には出ていないだろうが、内心は嵐のようだった。どうにも答えられずにレインが黙っていると、シグルトは再度尋ねる。

「腹は減ってないのか？」

その口調は穏やかだったが、早く返答しろと先ほど王になじられたことを思い出し、なんとかレインは口を開いた。

「……い、いいえ……」

少しつっかえてしまったが、シグルトは取り立てて気にしなかったようだ。

「じゃあ食事はもう少し後にするか」

（食事はもう少し、後に……？　私に合わせてくださるの？）

シグルトは背もたれに体を預けると両腕を組んで、窓の外に視線を送った。レインは再び自分のスカートに視線を落とした。

レインにとって食事は自分の意思とは無関係のものだった。決して味が美味《おい》しくないわけではなかったが、運ばれてきたから食べるだけのもの。自分に選択肢がないことは分かっていたから、出されたものは全て食べた。レインにとっては食事とは、運ばれてきたから口にする、ただそれだけのものだった。

馬車の中はしばらく沈黙に満ちていたが、やがてシグルトが口火を切った。

「それで、竜人の国に一年間行けと言われてどう思ったんだ？」

気づけばシグルトの視線が再びレインを捉えていた。

「……」

何か答えなければ、と思ったものの、どんな返答がふさわしいのかが分からない。

「ガラルの国で我が国がどんな風に噂《うわさ》されているかは知っている。だが、ここは公的な場所ではない。決して咎《とが》めないから気兼ねなく言ってみろ」

シグルトの口ぶりはまるで彼がただの普通の青年のようだった。

だが咎めないからと言われたとて、レインは自国の人質として竜人の国に赴く立場だ。そしてシグルトはかの国の宰相である。自分の言葉ひとつで国同士の関係を揺るがすことになりかねない可能性は否定できない。

レインが答えあぐねていると、シグルトの視線が和《やわ》らいだ。

「これは俺が悪いな」

彼は一度馬車の外を眺め、それから彼女に視線を戻した。

「レインは何歳だ？」

「！」

（名前を……？）

さりげなく自身の名前を呼ばれ、レインの心臓はどきんと高鳴った。今まで王と家庭教師、それから使用人に必要最低限でしか呼ばれたことのない名前である。シグルトにとっては些細《ささい》なことだろうが、レインにとっては生まれて初めての経験といってもいい。

レインに関する質問であれば、答えてもいいだろうか。調べようと思えば、シグルトはいくらでも調べることができるだろうから。

「十八歳です」

「そうか。まだ若いな」

(若い……？)

心の中で首を傾《かし》げた。自分が若いか、年老いているか、そんなことも考えたことがなかった。いつものように表面上は無表情のままだが、レインの心は漣《さざなみ》だっていた。シグルトの、ラピスラズリのような瞳が細められる。

「竜人は人間に比べたら、見た目に対して年を取っているからな。竜人で十八歳なんてまだまだ子供だ」

丁寧《ていねい》に説明され、レインは瞬いた。

「五百年生きる竜人がいるのもざらなのは知っているか？」

彼女は頷いた。実を言えば竜人の国についての書物を読んでいた——人質になると決まったからではない。

シグルトとの短い邂逅《かいこう》があった時からだ。

ガラルの国生まれの著者の書によれば、竜人は本能に忠実な野蛮な種で、文化も未発達だと書かれていた。けれどレインは、シグルトのようなカリスマ性を感じられる男性が宰相である国の文化が未熟だとはどうしても信じられなかった。

どうしても違う視点から描かれた竜人の国について知りたくなった。

悩んだ末にマーシャに頼むと、どうやってかガラルの国出身ではない著者の書物を手に入れてくれた。その著者の出身国は竜人の国と友好関係にあり、それもあってか竜人に対して好意的な見方をしていた。

また、同じ著者が記した竜人だけが使う言葉――今、シグルトが話しているのはレインと同じ言葉であるが――について書かれた本もマーシャは手に入れてくれた。訪れることはないと知っていても、レインは学んだ。そんな彼女の脳裏にずっとシグルトがいたことは否定できない。

「竜人の年のとり方は一定ではなくて、子供の頃《ころ》はほぼ人間と同じだと思う。だが、徐々に成長するスピードが遅くなっていく」

シグルトがなんでもないことのように教えてくれる。彼の低い声は深みがあって落ち着いていて、まるで魔法のように、レインの心を魅了する。

「人間の十八歳くらいの容姿は、竜人だと十二、三歳くらいだな。だから幼く見えると思って侮《あなど》らない方がいいぞ？」

シグルトがレインを見つめたので、彼女は頷いた。

それから、ちゃんと言葉にしようと思って口を開いた。

「はい」

「今のうちに聞いておきたいことはないか？　どこに住むのか、とか、これからどうなるのか、とか。今なら他に誰《だれ》もいないから質問しやすいだろう」

レインは微《かす》かに目を見開く。

「こうして俺と二人きりで話す時は、あくまでも私的な会話だと約束する。俺はできない約束はしない」

それからシグルトは少しだけ口元を緩めた。そうすると一見冷たい印象を与える彼の美貌が、とてつもなく魅力的になる。けれどそんな彼に気を配っている余裕はレインにはなかった。

彼女は必死に、彼の申し出について考えていた。

(先ほどもマーシャを連れてきてくださったし……きっと、本当に教えてくださるつもりなのかもしれない)

そうも思った。

だがどうしても言葉にすることはできなかった。

それは相手がシグルトだから、というだけではない。今まで誰からも『見えない』存在であったレインは意思表示というものをほとんどしたことがなかったからである。レインはスカートをぎゅっと握りしめ、しばらくしてから呟《つぶや》いた。

「私からは特に何もございません……全て従います」

彼のラピスラズリのような瞳が少しだけ細められ、レインをじっと見つめる。そうした冴《さ》えた視線に晒《さら》されると、全てを見透かされているような気持ちになった。

(私が陛下に命令されたこと全てをご存知な気がしてしまう)

彼女はドレスの下に隠してあるネックレスの存在を改めて思い出すと、無意識に唇をそっと噛《か》んだ。

ネックレスがまるで鉛であるかのようにずっしりとした重みを感じる。

シグルトは片方の眉《まゆ》をあげると、レインの思ってもいないことを話し始めた。

「五つは大変だろう」

「……?」

「三つ、それでも多いか。ではまずは二つでいい、質問してくれ」

そう言いながら彼が細くて長い人差し指を立て、レインの前に突き出した。

「二つが無理なら、一つだ」

レインはぽかんとした。こんなに彼女が呆気《あっけ》にとられたのは生まれて初めてだったかもしれない。

「たった一つだ、それなら何かあるだろう?」

呆気にとられたのもよかったのかもしれない。再び促されるように尋ねられると、レインの口からするっと言葉が飛び出した。

「ではお言葉に甘えて……。マーシャは……私の側仕《そばづか》えはどうなりますか?」

シグルトが指をひっこめた。それからゆっくりと腕組みをする。レインは静かに、そんなシグルトの様子をうかがっていた。

思慮深そうなラピスラズリの瞳が、レインを見返す。

「側仕えを、君から引き離すつもりはない」

シグルトは静かに続けた。

「言ったろう、俺はできない約束はしない、と。連れていくと決めたのだから、側仕えは君と共にいさせるつもりだ」

レインの顎《あご》がわなないた。だが我に返った彼女は、すぐに頭を垂れた。

「ありがとうございます、閣下」

辛辣で手厳しく、隙はないかもしれないが。

（……やっぱり野蛮でも、乱暴でもない……！）

ぎゅ、と彼女は再びスカートを強く握りしめる。

「ああ、そうだ。大事なことを言い忘れていた」

どことなく面白《おもしろ》がっているように感じられる彼の口調に誘われて、レインは顔をあげた。

「俺はシグルト＝ディノヴァルドだ。だからシグルトと呼ぶように。シグルトが呼び辛《づら》いなら、ディノでもいい。ただ俺の家族は皆ディノになるから、できればシグルトがいいな」

「……！」

「我が国では、この国のように陛下だの閣下だの言わないんだ。それに俺にも敬語はいらないよ」

再び呆気にとられたレインを見て、シグルトが笑みをこぼした。

（あ……！）

先ほどは余裕がなくて気づかなかったが、シグルトの笑みはレインの胸にかすかな温かみをもたらせた。だが彼女はすぐに自分のネックレスをぎゅっと握った。微かに孕《はら》んだ熱がすぐに冷えていく。

(自分の立場を、忘れてはいけない)

そう心に言い聞かせた矢先、シグルトが呟いた。

「君のぽかんとした顔、悪くない」

それから彼は自分の腹に手をあてた。

「待ってやると言ったが、俺が限界だ。飯にしよう」

しばらくして一行の馬車が止まったのは、王都の外れにある小さな食堂だった。街道沿いにあり、非常に繁盛しているようで、ひっきりなしに人々が出入りしている。

御者が降りてきて扉を開くと、シグルトに何を調達するべきかを尋ねた。どうやら御者が買いに行くらしい。

「レイン、何が食べたい？　馬車の中で食べることになるから、簡単なメニューにはなるが」

答えに窮した彼女に気づいたらしいシグルトは、御者に手短かに何かを告げた。しばらくすると御者がいい匂いのする紙袋を持って現れ、シグルトがそれを受け取った。

「お前の分も買ったか？」

「はい、買わせていただきました」

「よし。では行きで止まった森まで行って、そこで小休止だ。お前も食事をしたらいい」

御者が感謝しながら扉を閉めると、すぐに再び馬車が軽快に走り出した。

「面倒なことだ。自分で行ければ話は早いんだがな」

シグルトが独《ひと》り言《ごと》のように呟く。

（お店が混乱するのを避けるためかしら）

さすがに彼は自分たち竜人が、ガラルの国でどのような扱いをされているのかよく承知している。

（確かに御者の方は人間のようにお見受けしたわ）

御者は竜人かもしれないが、シグルトたちより一際小柄ではあった。考え込んでいるレインの前で、シグルトが袋の中から白い紙に包まれた何かを取り出した。

「どうぞ。『姫』が普段お召し上がりになるようなものではないだろうが、味は悪くないと保証する」

一瞬の躊躇《ためら》いの後レインがそれを受け取ると、いい香りがするそれはまだ温かい。そう、温かった。

（温かい……）

王宮での食事はいつも冷めていた。質素でもなく、味が悪いわけでもなかったが、どうしても味気なかった。

「俺と同じものにした。ライ麦パンのサンドイッチだ。ハムとチーズが嫌いじゃなければいいんだが」

レインは首を横に振った。

「嫌いなものはありません」

「それは何よりだ」

彼が無造作に水の入った瓶を渡してくれて、レインはそれも受け取る。シグルトは包み紙を開くと、サンドイッチにかぶりついた。辺りを焼けたパンの香ばしい匂いが漂い、レインは生まれて初めて食欲が刺激された。

「うん、うまい。このメニューは間違いないな。もう一度食べたいと思っていたんだ」

シグルトが咀嚼《そしゃく》しながら唸《うな》る。口ぶりから察するとどうやら往路にも食べたらしい。彼は食欲旺盛で、みるみるうちにサンドイッチを食べ終わった。礼儀作法は問題なかったが、平らげるスピードがとにかく速い。

細長い形に切られた大きいピクルスも食べ終えた彼は、もう一つの包み紙を袋から出した。そこで初めて、レインが微動だにせずに彼の食事姿を見守っていたことに気づいたらしい。

「フォークとナイフがないと、食べられない？」

確かに淑女はカトラリーなしで、直接食べ物を持って口にするのははしたないとされている。だがレインは首を横に振った。

「いえ、大丈夫です、いただきます」

「そうしろ。冷めてもうまいだろうが、温かい方がうまいはずだよ」

再び彼ががぶりとサンドイッチにかぶりつく。レインは包み紙を開き、出てきたサンドイッチを一口だけかじった。

（……！）

口の中で、少しだけ酸味のあるライ麦パンと、しっかりと分厚めに切られたハム、とろりと溶けていたチーズの味が一気に爆発した。

何より温かい食事は、どうしてかレインを安堵《あんど》させた。

「おい、しい……」

呆然《ぼうぜん》としたまま、思わず呟く。

「なんてことないメニューなんだが、うまいよな。食後にはクッキーもあるぞ」

すでに二つ目のサンドイッチを完食したシグルトが親指についたパンくずを舐《な》めながらそう言った。

「クッキー、ですか？」

レインが興味を惹《ひ》かれて彼に尋ね返すと、シグルトの目元が綻ぶ。

「ああ、そうだ。パンがうまい店は、粉が良質だから焼き菓子もうまいと相場が決まっている。いいから君はサンドイッチを食え」

レインはゆっくりとサンドイッチを味わって食べる。

（味が、する……）

どうしてか、一口齧《かじ》る度に美味しさが増していくような気がした。普段口にしているものよりもずっと簡素なメニューなのに驚くばかりだ。

そんなレインに構わず、シグルトはどんどん食べ進めた。三つのサンドイッチを瞬《また》く間に食べた後、クッキーを取り出して頬張《ほおば》る。

「よし、ちゃんと甘いな」

シグルトが満足気に呟いた。レインはサンドイッチを食べ終え、包み紙を丁寧に畳んだ。

「クッキーを食べられる余裕はあるか？」

シグルトにそう尋ねられたが、正直に言えばお腹《なか》はいっぱいだった。だが先ほどあれだけ美味しそうにクッキーを食べていたシグルトの目の前でそういうのは躊躇われる。レインが口ごもると、彼はにやっと笑った。

シグルトは包み紙の中でクッキーを割ると、紙ごとそれを彼女に差し出した。

「ひとかけらでも、どうだ？」

レインはおずおずと手を伸ばした。

「……いただきます」

膝の上で包み紙を開くと、それはナッツが入ったクッキーだった。口に入れると、香ばしいナッツの香りと芳醇《ほうじゅん》なバターの風味が口いっぱいに広がる。

（とっても、おいしいわ……！）

思わずレインは片手を口元にあてた。あまりの美味しさに、涙が出そうだ。今まで甘味を食べたことがないわけではないが、シグルトが差し出してくれたこのクッキー以上のものは食べたことがない。

「うまいだろう？　塩辛いサンドイッチを食べた後のちょっとした甘みは最高だよな」

「はい」

レインは素直に頷いた。

ただこれ以上はさすがに食べられそうにない。とはいえシグルトにクッキーを突き返すのも不作法だろうか。そんな彼女の逡巡《しゅんじゅん》に気づいたのか、シグルトが大きな手を差し出した。

「腹がいっぱいなんだろう？　残りは俺が食うから気にするな」

ほっとしながら渡すと、シグルトが瞬く間に平らげた。

それからレインが驚いたことに、シグルトは彼女に話しかけ続けた。見た目から、ほとんど喋《しゃべ》らないような気すらするのだが、意外にも彼は饒舌《じょうぜつ》だった。

二人の会話は、私的なもの。彼が約束したことを体現するかのように、返答に窮するような問いかけではなく、あくまでもレイン自身に関する質問だった。

「マーシャはずっと君の側仕えだった？」

「はい」

「そうか。きっと良い関係だったんだろうね。竜人の国についてくるかと問うたら、即答だったから」

無表情のままのレインだが二、三瞬きをした。

「俺らに無理強《むりじ》いをされたのではないかと確認するためにか、一旦王の従者に連れていかれていたが、すぐに戻ってきたよ。彼女の意志ははっきりしていたな」

シグルトが何気なく続けた、王の従者に連れていかれた、という言葉にレインの心が痛んだ。

（マーシャに何か命令でも……）

自分に無理難題を押しつけたように。

そもそもレインがマーシャを共に連れていきたい、と望んだのはもしかしたら彼女が不遇な道を歩まされるのではないかという予感があったからだ。『見えない』レインの世話をし続けたマーシャに、今後ちゃんとした使用人としての未来があるとは思えなかった。

（しかも……）

レインはぎゅっとドレスのスカートを掴《つか》んだ。胸にぶら下げているネックレスの重みを感じる。

(罪人になるかもしれない、私の世話をしていたと知れたら……)

シグルトを暗殺できなかったら、ガラルの国に戻った時、自分は断罪されるのに間違いない。しかも王は一年で結果を出せと命じた。

使者が迎えに来た時に全ては終わるだろう。

一年後までにマーシャの行く末をなんとかしなくてはならないとレインは考えた。近隣の国の著者の本から察するに、竜人の国は非常に文化的だと思われた。マーシャ一人くらい受け入れてくれる余地はあるのではないか、と信じたい。

「それで、君が一番好きなことは何だ?」

シグルトの質問で我に返った。

「好きなこと……は、本を読むことです」

嘘ではない。

レインがそう答えると、シグルトの表情が綻ぶ。

「へえ。本好きに悪い人はあまりいないっていうのが俺の持論でね。それはともかく、君はどんな本を好む?」

会話らしい会話といえば、今まで王に命令されることしかなかったレインは、こうした気楽な会話に慣れていなかった。

「……どんな、ですか?」

「ああ。物語だったら、冒険譚《たん》とか、恋愛、人情ものとかもあるだろう。それとも歴史、科学的分野の本か？」

「それは……なんでも読みます」

静かにレインは答えた。

ふ、とシグルトが笑みを深める。

「そうか。じゃあきっと君は良い人だな、俺の持論からすれば」

再びぽかんとした。

（良い人……？）

ずきん、と心臓が痛む。ネックレスがずしりと重みを増したように感じ、彼女は無意識に胸のあたりに手を置いた。

「私は決して良い人ではありません」

はっきりとそう答えると、想像もしていないことが起こった。

目の前のシグルトが笑み崩れたのだ。

（わらって、いらっしゃる……？）

信じられず、レインは瞬きを繰り返した。

しばらく彼はくっくと笑い続けた。

シグルトの満面の笑みはとても美しい。美しかったが、レインとしては自分が何か面白い内容を言ったという意識はなく、戸惑いの方が大きかった。

「申し訳ない。俺はなんて無礼なことを」

笑いの発作を止めたシグルトが謝罪してくれたが、レインは慌てて首を横に振るだけだ。

「いえ、とんでもございません」

「いや、本当の悪人ってのは自分で悪人って言わないものだからな。そんな誰も殺せなそうな細腕だというのに、自分は決して良い人ではない、などと——失礼、女性に対して適切な例えではなかったな」

殺せない、と彼が言った時にレインの表情が微かに陰ったのに気づいたのかシグルトが再び謝罪する。

「いえ、どうぞ私の前ではお気遣いなく」

それから気にしていない、ということを示すために微笑《ほほえ》もうと思った——シグルトがしてくれたように笑って、敵意がないことを示したい。立場はどうであれ、レイン本人としては彼に敵意をもっていないと示すために。せめてどうにかして少しでも口元を緩めたい、と。だが今まで一度も微笑んだことのなかったレインはどう頑張っても果たすことができなかった。

彼女の表情はずっと無のままだった。

諦めて、小さく息をつく。

(笑うこともできない私は本当に……落ちこぼれだわ)

そんなレインをラピスラズリの瞳がじっと見つめていた。

☆

夜半過ぎ、がたんと馬車が揺れ、レインは暗闇《くらやみ》の中で目を開けた。

どうやら少しうとうとしていたらしい。

夕食は再び馬車で食した。鶏肉とじゃがいもをかまどで焼いたものだ、と説明したシグルトが包み紙を開くと、ハーブの香りがいっぱいに広がった。

今度もシグルトは旺盛な食欲を見せ、レインを圧倒した。

温かい料理はしかしとても美味しく、レインもかつてなく食べることができた。レインが食べ終わると、シグルトは満足そうに頷いた。

それからまもなく日没を迎えた。

徐々に暗闇が忍び寄り、やがて腕を組んだシグルトから寝息が聞こえてきた。しばらくして、ぽつ、ぽつと雨が降り出し、馬車の屋根を叩《たた》く雨音を聞いているうちに、いつの間にかレインも眠りの世界に落ちてしまったようだった。

目が覚めてすぐに気づいたのは、自分の体が凍えてかちこちになってしまっている、ということだ。雨はいつの間にかやんでいる。

もう春とはいえ、日が落ちてしまうとこんなに寒くなるものか。これも今まで王宮の奥で暮らしてきたレインにとっては初めて知る事実だった。

(……寒い)

レインのドレスは簡素なつくりで、もちろん寒さ対策など一切考えられていない。凍えて感覚がなくなりかけた足の指を靴の中で少しだけ動かしてみる。ほとんど隙間《すきま》がないが、何もしないよりはました。

シグルトからは相変わらず安らかな寝息が聞こえてくる。自分が不用意に動いてはシグルトを起こしてしまうのではないか。

そう考えたレインは再び目をつむった。

辛いことを耐えるのには、慣れている。むしろ彼女の人生にはそれしかなかったから。そうやってレインは黙ったまま静かに座っていた。

しかし足元からひたひたと寒さは忍び寄ってきて、彼女の全身を凍らせる。しばらくしてどうしても我慢できず少しだけ身じろいで、腕を組んだ。コンマ数秒の動き。たったそれだけで、シグルトが目を覚ました。

「ん、どうした……？」

少し気怠《けだる》げな、低めの声が響いた。

(起こしてしまった……！)

シグルトが小さく息を呑む音がした。

「おい、寒いのではないか？　顔が青白いし、震えている」

レインは暗闇のせいで視界が悪いが、どうやらシグルトは竜人の例に漏れず、随分と夜目が利くらしい。竜人の視力は抜群によいとレインは本で学んでいた。

「すみません、ご迷惑かけるつもりはなくて……」

と謝ろうとしたが、口を開いた途端に歯が勝手にカチカチと鳴って、まともに話せない。同時に体も小刻みに震え始める。シグルトがちっと舌打ちをした。

彼が自分に苛立《いらだ》ったのかと思い、レインは思わず身をすくめた。そんなレインに気づいたのか、シグルトが謝罪した。

「舌打ちをしてしまって、すまない。春だと思って油断していた。君にとってはこの温度でも寒くて、命取りなんだな。これは俺の手落ちだ」

シグルトがどん、と馬車の壁を叩くと、車輪の音をかき消すように御者が返事をした。シグルトが負けじと大きな声をあげた。

「良い宿屋があれば、すぐに止まってくれ」

了解、と御者が怒鳴り返す。

「あ、でも、それはご迷惑、では……」

かき消えるようなレインの声は一切無視された。

「いいから、黙って」

シグルトは四の五の言わず、レインの隣に移ってきた。この距離ならば、この暗闇でもシグルトの表情が見える。彼はとてつもなく心配そうな様子を隠していなかった。

「失礼。触られるのは嫌だろうが、緊急事態だ。我慢してくれ」

彼はそう言うなり、彼女の手を掴んだ。

（あ……！）

薄い手袋越しでも、彼の手の圧倒的な温かさが彼女に伝わってきた。

「やはり冷え切っているじゃないか……！」

彼は自分の着ていた上着を脱ぎ、それを彼女の肩からかけた。ふわりと柑橘類《かんきつ》の爽《さわ》やかな香りが彼の上着から漂う。そして何より人肌のぬくもりが残っているそのジャケットはとてつもなく温かった。

「これは急場しのぎだが、ないよりはましだろう」

「で、でもそうしたら、あ、あなたが……」

シグルトこそ薄いシャツ一枚になってしまう。

「大丈夫だ。俺は寒さに強いから気にしないでくれ」

そういうなり彼は彼女の肩をぎゅっと抱き寄せた。突然の温かさに包まれ、レインの体はわなないた。そのままシグルトは彼女の腕を上着の上からさすり始める。

「寒い思いをさせてしまって悪かった。宿屋に着いたら温かい飲み物を出してもらおう」

（……！）

レインの心が震えた。今までこうして自分のことを気遣ってくれた人は、マーシャ以外にはいないのである。

だが彼女の表情は微動だにしない。シグルトはしかし気にした様子も見せずに、ゆっくりと彼女の腕を撫《な》でさすり続けた。

もうしばらくの我慢だ、頑張れ、と言い続けながら。

「ありがとう、ございます……」

小さく呟くと、シグルトが微笑んだ。

「君は我が国の大事な客人だから当然だよ」

（……え？）

人質ではないのか。だがレインが問い返す勇気を持つ前に、馬車が止まった。シグルトの頭はすぐに今後のことに切り替わったようだ。

「よし、降りよう。君が寒いとなると、マーシャも同じだろう。二人とも暖をとってもらう必要がある」

凍えすぎていて、足元がおぼつかなかった。シグルトが脇をしっかり支えてくれていなかったら、高さのある馬車の扉から転げ落ちていたかもしれない。

「大丈夫か？」

眉間《みけん》に小さな皺《しわ》を寄せて、シグルトが尋ねてきた。

「はい」

しっかり歩かなくては、と気持ちは焦るのだが、気持ちとは裏腹にかじかんだ足は思うように動かない。ふらつくレインにしびれを切らしたのか、シグルトが失礼、と声をかけた。

「文句があるなら後でいくらでも言ってくれ」

彼はそう言うなり、レインをひょいと抱えた。いわゆるお姫様抱っこというものだったがレインは恥ずかしさよりも驚きの方が大きくて体を硬くした。

「落ちないようにちゃんと掴まって」

シグルトに言われるがままに躊躇いがちに彼の背中に手を回すと、上着と同じ柑橘類の香りを感じた。シグルトの顎のラインを見上げながら、そのまま宿屋に連れていかれた。


食堂に入ると、すでにテーブルに座っていたマーシャが慌てたように立ち上がる。

「レイン様、どうされたのですか……！」

血相を変えたマーシャの後ろに立っていたサンダーギルと、もう一人の竜人は目を丸くしてシグルトの腕の中にいるレインを見た。

「寒さを我慢しすぎて凍えていた。足が動かないようだったから、転んではいけないと思って、念のために俺が抱えてきた」

レインの代わりに、シグルトが答える。彼はレインを抱えながら歩いていても、息一つあがっていない。

「我慢、しすぎ……!?」

それを聞いたマーシャが顔をくしゃりと歪《ゆが》める。シグルトはレインを優しく椅子《いす》に下ろすと、まるで子供にするかのように、ぽんぽんと彼女の肩を優しく叩いた。

「何か温かい飲み物をもらってこよう」

シグルトはサンダーギルを連れて食堂を出ていった。

マーシャがレインの手を取る。

「冷え切っています……！　レイン様、我慢しすぎては駄目ですよ」

今までは一度もなかったことだが、マーシャに諌《いさ》められ、レインは瞬きした。マーシャが真剣に自分を案じているのが伝わってきて、彼女は素直に謝罪した。

「ご、めんなさい」

掠れてはいたが、ようやく声が出た。

「本当に、レイン様はいつだってご無理をなさるから……！　彼らは話せば分かってくれますから」

「そうですよ、俺らは話が分かるんです」

そこで口を挟んできたのが、レインたちのすぐ側で控えていた緑の髪の竜人で、グリフォードと名乗った。グリフォードはサンダーギルの弟らしく、やはり大柄だったが優しげな顔つきをしている。

マーシャによれば、寒くなってきた頃合いで竜人たち二人が上着を彼女に貸してくれ、なんとか寒さを凌《しの》げたらしい。

そのうち、器を両手に持ったサンダーギルが食堂に戻ってきた。

「白湯《さゆ》だそうです」

器を渡され、熱いかもしれないから気をつけるようにと言い添えられた。器を持った両手にじんわりと熱が伝わっていく。

（……なんてあったかいの）

一口含むと、ほわ、と温かさが身体《からだ》中に広がっていく感覚は格別だった。マーシャも同じようで、口元に笑みを浮かべている。

二人はゆっくりと白湯を飲む時間を与えられ、お陰で体の内側から温まった。最初は凍えて動かなかった指も、白湯を飲み終わる頃には元通りになりつつあった。

しばらくしてシグルトも食堂に戻ってきた。

「ああ、まだ立たなくていい。座っていてくれ」

レインは立ち上がろうとしたが先に制された。そのシグルトは両手にベージュ色の暖かそうなブランケットを持っている。

「宿屋の主人に頼んで、何枚か譲ってもらった」

レインの視線に気づいたシグルトが説明をしてくれた。

「サンダーギル、これを」

「あいわかった」

ブランケットとは別に、シグルトはブランケットに包まれた何かをサンダーギルに渡した。それからシグルトがレインを見下ろす。

「立てるかな？」

ゆっくりとレインが椅子から立ち上がると、今度はふらつかずに済んだ。

「よかった、だいぶ身体が温まったみたいだな」

微笑むシグルトに向かって、彼女は心を決めて口を開いた。

「閣下」

そう呼びかけると、驚いたのか彼はちょっとだけ顎をひいた。そういえば、レインから話しかけるのはこれが初めてだったかもしれない。

「なんだ？」

「お気遣いいただいて、ありがとうございます。お陰様で凍え死ななくてすみました。私の短慮な振る舞いで、結果的にご迷惑をおかけしたことを謝罪致します」

無表情のレインが淡々とそう言う姿は、傍《はた》から見たら高慢な女性がいやいや礼を言っているように見えたかもしれない。

だがレインは心から感謝していた。

彼女はできうるならば表情を変えていただろう。

シグルトのラピスラズリのような瞳が丸くなり、それから和らげられる。シグルトは決してレインの言葉をうがって取ったり、からかったりもしなかった。

「謝る必要はないよ。君たちが――君が凍え死ななくて良かった」

彼が告げた言葉は、レインの心にぽっと暖かみを与えた。そんな彼女の目の前に、シグルトの手が差し伸べられる。

「では、行こう」

考えるより先にレインの手が、彼の手に収まった。

最初からシグルトはレインの隣に座った。馬車が走り出すと、彼はブランケットをレインに渡した。

「二枚あるから、一枚は肩に、もう一枚は膝にかけるといい」

それから、借りていた彼のジャケットと引き換えに、ブランケットを巻きつけたレインの足元にシグルトが何かを置いた。

「靴を脱いで、足を置いてみろ」

「……？」

言われるがままに靴を脱いで、そのブランケットに包まれた何かの上に足を置く。

「わぁ……！」

あまりの温かさに自然と感嘆の声が漏れる。まるで暖炉の前に足をかざしているような気分だ。レインはぱっと、シグルトを見上げた。

「これは、なんですか……？」

考える前に、質問が口から自然とこぼれ出た。

シグルトの瞳が嬉《うれ》しそうに細くなる。

「厨房《ちゅうぼう》にいる使用人に頼んで、石を焼いてもらったんだ。熱いから直接は触れないがこうしてブランケットに包むとちょうどいいだろう？」

「はい、とっても……！」

声に少しだけ喜びが混じったかもしれない。

それを聞いたシグルトの表情がますます緩んだ。

「それはよかった。残念だが、長い時間は保《も》たないんだ。また別の宿屋で頼もう」

あまりの温かさにぼうっとしながらも、レインは躊躇った。

「でもそれでは余計なお時間を取ってしまいますから……」

けれど彼は素知らぬ顔をした。

「マーシャの分も頼むから、彼女のためと思えばできるだろう？」

そう言うと、シグルトは彼女を抱き寄せる。

「嫌かもしれないがもっと俺に近づいて。二人でくっついていれば体温を分け合える。それに石が温かいうちに、少しでもいいから眠ると良い。寒さと闘っているうちに体力を失ってしまっただろうから取り戻さなくては」

シグルトに出会ったのはほんの半日前だというのに、彼と近づくのはちっとも嫌ではなかった。そんな自分に内心驚きながらも、レインは口を開いた。

「閣下、なんてお礼を言ったらいいのか……」

「お礼なんていらない。最初に言った通りこれは俺の手落ちなんだから――ああそうだな、お礼の代わりと言ってはなんだが、俺のことはシグルトと呼ぶように。もうこうなったらファミリーネームのディノは駄目だ。シグならばいい」

今度はどうやらからかわれているようだ。――たぶん、レインの気が少しでも楽になるように。

レインの口元がぴくりと動いた。けれどそれはやはり笑みにはならなかったが、その代わり彼女は囁《ささや》いた。

「はい、承知しました――シグルト様」

「うん」

「本当にありがとうございます……」

シグルトの指摘通り、体力の限界だったレインはそれからすうっと意識を失うかのように眠りについた。だから彼女は知らなかった。一晩中シグルトが彼女を抱きしめていてくれたことを。寒さは彼女をそれ以上脅かすことはなかったのだった。

☆

数日後、国境へと到着した。

出国はもちろん、入国審査も思っていたよりとてもスムーズで、あっという間に竜人の国へと入国することができた。

レインは馬車の窓から外を眺めたが、ガラルの国との違いは特に見当たらなかった。特に今はまだ国境付近で、街中ではないからかもしれない。

唯一不思議なことといえば、ガラルの国にいる間は雨が多かったにもかかわらず、竜人の国に入った途端からりと快晴になったことだ。

（陸続きなのにこんなことがあるなんて……）

「ああ、ようやく帰ってきたな」

レインの隣に座っているシグルトが呟いた。

寒さに凍えたあの時から、彼はずっと彼女の隣に座っている。ここ数日、夕方になると道中の宿屋で焼いた石を手配し、足元に置いてくれ、座り続けていると痛いだろうと柔らかいクッションを手に入れてくれ――またシグルトが身を寄せてくれたお陰で、レインはあれから凍えずに済んでいた。

「ああ、レイン」

「はい」

「我が国に入ったから、言うことができるが――」

シグルトが何かを言いかけた瞬間。

リゴーンリゴーン、とあまりにも大きな鐘の音が鳴り響き、レインは目を見開いた。

「！」

しかも一つの鐘の音ではない。いくつかの鐘が一斉に鳴らされているかのような大爆音で、レインは心底驚いた。だが慣れているらしいシグルトは取り立てて気にしていないようで、喋り続けている。だがレインには、彼の口がぱくぱくと動いているかのようにしか見えない。

やがて彼もレインの様子に気づき、口を閉ざした。しばらく鳴り響いていた鐘が鳴りやむと、シグルトがふっと笑みをこぼした。

「驚いたんだな？」

「はい」

レインは素直に頷いた。

「今のは時報の鐘だ。夜明けから夕刻まで、三時間に一回鳴る。教会や修道院が一斉に鳴らすからあんな大きな音になる。そうでないと、国の隅々まで響き渡らないだろう」

シグルトはそう言いながらなにかに気づいたような顔をした。

「そういえばガラルの国では鐘は鳴らなかったな。いや、一度は聞いた気はするな……」

ガラルの国でも時報の鐘は鳴る。三時間ではなく、六時間に一回で、決められた教会や修道院だけが鳴らすことができるのだ。

『時間を知らしめる鐘の音は神聖であるべきで、誰でも鐘を打てるというわけにはいきません。王に許された者でなくてはなりません』

と家庭教師が熱っぽく語っていたのが印象的だった。

ガラルの国では、神に近しいとされるのは王を始めとするごく一部の特権階級の人間だけだった。礼拝もいわゆる高位貴族が特別な日にだけ行うものであり、ガラルの国民は天気を司《つかさど》る神が国を見守っているという認識くらいしかないはずだ。

(でもこの国では、鐘はどの教会でも鳴らすことができる。それも国中の人に聞こえるように、だなんて……なんだか……)

素敵だな、と思ったが、その言葉をレインは飲み込んだ。そんな彼女の様子を今日もラピスラズリの瞳は黙って見守っていた。

竜人の国に入って、明らかに変わったことがある。

シグルトたちの住んでいる王都までまだ数日かかるらしいが、晩は宿屋に泊まるようになったのだ。シグルトはレインにもきちんと部屋を準備してくれた。しかもマーシャを世話係でつけてくれた上に、特別な監視をしているようには思えなかった。まるで客人のような扱いをしてくれるのだった

――それまでのシグルトの言動を思えば、そこまで不思議ではなかったが。

一日中馬車で過ごした後に、暖かいベッドで足を伸ばして横たわれる幸せを生まれて初めてレインは知った。ベッドに入るやいなや眠りにつくくらい疲れることも。今まで、王宮の奥で息を殺して生きてきたレインにとって、何もかもが新鮮だった。

王都に向けて近づくにつれ、街道沿いに家が増え始めた。ガラルの国では木造の建物が多かったが、竜人の国では石造りが多い。

そして何より目を惹くのは、家々の前に植えられた木に吊《つ》るされた色とりどりの布たちだ。長方形の布が多いがサイズはまちまちである。

赤、青、黄色、緑、紫に染められた布たちが風に揺れ、はためく姿はあまりにも美しかった。その光景は、レインの道中での密《ひそ》かな楽しみになった。

「ああ、『祝福の布』を見ているのか？」

その朝、シグルトがレインの視線に気づいてそう声をかけた。

「『祝福の布』、と呼ばれるのですか？」

シグルトががぶりとオレンジ色の果実を齧りながら頷く。彼は健啖家《けんたんか》らしく何でもよく食べるが、中でも果物が特に好みのようだ。

「ああ、竜人の国の春の風物詩だよ。冬の間に布を染めておくんだ。冷たい川の水で洗うと綺麗に染まると信じられていてね。春になったら、ああやって軒先に飾って、『祝福の日』に意中の相手に贈る」

レインは誘われるように目線を外へ送った。

彼女の視界に色とりどりの布が映っては、流れていく。

「片思いの相手でも、パートナーでもいい。男性から女性に贈るのが主流だがもちろん逆もある。一昔前は相手の瞳の色に染めるのが人気だったが、今は相手の好きな色に布を染めるのが流行らしい」

「そうなのですね……」

ガラルの国でももちろんプレゼントを贈り合う習慣はある。レインには無縁ではあったが、『一般的なガラル国民の生活』について家庭教師から習っているから知識はある。だがこういったような習わしがあるとは聞いたことがない。

（こうして唯一無二のものを贈り合うのね。素敵だわ——私が今まで誰かにもらったのは、……おかあさまからの紐《ひも》だけ）

レインは無意識に手首に巻かれた紐をさする。旅に出てから、またシグルトが取り上げないだろうと気づいてから、レインは何度となく手首につけられた紐を触るようになった。

「君の好きな色は？」

物思いに耽《ふけ》っていたレインは、シグルトのその質問に一瞬ついていきそこねた。

「私の、ですか？」

「ああ」

シグルトはあっという間にいくつかの果実を食べてしまっていて、ジャケットから出したハンカチで口元を拭っている。

（好きな色……）

レインはその質問について考えてみた。色だけではなく、自分が好きなものについてまともに考えたことがない。けれど思いの外《ほか》すぐに答えは出た。

「青、でしょうか」

「青？　濃い色、薄い色？」

最初にレインの脳裏に浮かんだのは、王宮の部屋から見上げていた空をイメージした薄い青だった。

だがシグルトと視線を合わせ、少し考えが変わった。

「どちらでも」

そう答えると、シグルトの濃い青の瞳が綻んだ。

「そうか。青が好きだなんて、君は趣味がいいな」

シグルトは些細なことを褒めてくれる。彼がそうやって何気なく褒めてくれる度、レインの胸はちくちくと疼《うず》く。

私は良い人ではありません、と再び口からこぼれそうになるのを必死でこらえる。

「春の風物詩といえば、あの布と共にぶどう酒を贈るのも習わしなのだ」

話の流れが変わって、レインは内心ちょっとだけ安堵した。こうした一般的な話題であれば交わしていても問題ないだろうからだ。

「ぶどう酒、ですか？」

「ああ。竜人たちは果物と酒に目がないからな。自分たちでぶどう酒を仕込むんだよ。布と共にそれを渡して、うまくいけば二人で、うまくいかなかったら一人で飲む。どちらにせよ飲むことができるわけだ。『祝福の日』の翌日は酔いつぶれた奴《やつ》らが道端で寝転がっているのも風物詩だ」

レインは今まで一度もアルコールの類《たぐい》を飲んだことはないから、酔いつぶれるというのがどんな様子なのか想像できなかった。

「夏になったら俺も仕込むから、君も一緒につくろう」

シグルトは何気なくそう言ってくれたが、レインはさすがに躊躇った。

「それは、シグルト様がどなたかに差し上げるものでは？」

彼に恋人がいないとは到底思えなかった。想い人やパートナーにあげるぶどう酒は自分で造るもののようだから、レインがいては邪魔ではないかと思ったのだ。

シグルトの口元が笑みを作る。

「違うよ。俺はただ単にうまい酒を飲みたいだけだ。自分でつくるぶどう酒は翌年の楽しみになる」

（来年の……）

ズキッと胸が刺すように痛んだが、レインは気にしないようにつとめた。

「では機会があれば」

「ああ、そうしよう」

シグルトは目元を和らげた。

「シグルト様、ご帰還ですか！」

「ああ」

「去年のぶどう酒、うまくできたんスよ。持っていってください」

「いいのか？　誰かにやるか、自分で飲んだらいいのに」

「いいんスよ、シグルト様に差し上げたいんで」

「では遠慮なくもらおう」

行く先々でシグルトは人に囲まれた。今は昼食をとろうと馬車を降りたところで、シグルトだと気づいた人々にひっきりなしに話しかけられているのだ。

竜人たちは軽装が多かった。男性たちはシグルトと同じような長袖のシャツを着ている者がほとんどだが、シグルトとは違い胸元をはだけてきらきら光る鱗《うろこ》を見せている。鱗も色は様々だ。肉感的な体つきの女性たちは胸の谷間が見えるようなドレス姿が多く、どうやら女性には胸元に鱗はないようだ。髪色も肌の色も様々だが、男性も女性もおしなべて身長が高く、がっしりとした骨格である。

時々空を悠々と竜が飛んでいるのがここが竜人の国だと思わせられた。

ほとんどの人はガラルの国と共通の言葉を使っているが、まったく響きの違う言語でシグルトに話しかける者もいた。

「Ⅹ◎●✧※！」

「ああ、元気だよ、ありがとう」

（この国の言葉だわ）

本で竜人の国の言葉を少し学んでいたレインには、簡単な挨拶《あいさつ》の言葉は分かるが、さすがにこみいった内容は分かりかねた。竜人の国の言葉は、レインの耳に優しく響いた。

シグルトに元気かと話しかけてきた中年の女性が、シグルトの隣に立っているレインを見て目を丸くした。この女性も例に漏れず、豊満な胸を見せつけるようなドレスを着ている。

「シグルト様、この方は？」

「ガラルの国の王女だよ」

あっさりと彼が答えて、レインは内心驚く。だがそれを聞くなり女性は顔をぱっと明るくした。

「新聞で読みました。てことは、隣国からの客人ってことですね。こんな可愛《かわい》らしい人とは思ってもみなかった！」

（客人……？　可愛い……？）

人質では、とレインはシグルトを見上げたが、彼は躊躇うことなく頷いた。

「ああ、そうだな」

彼が肯定すると、その女性はレインの両手を掴んだ。

「ようこそ、お客人。竜人の国を楽しんでいらしてください！　あ、よければこの果物を食べてください。うちの庭で採れたもので、ちょっと酸っぱいかもしれませんがお肌がツルツルになりますんで！」

きらきらと目を輝かせた女性は自分のエプロンのポケットからピンク色の果実を取りだすと、レインの手に押しつける。困ったレインはシグルトを見上げたが、彼はどうしてか口元を緩ませて、二人を眺めていた。

「もらったらいい。肌が綺麗に越したことはないだろう？」

「はい、その方がシグルト様も嬉しいですよね？　ね？　ね？」

女性はまるでシグルトが自分の息子であるかのように気安い態度だった。それはこの女性だけではなく、シグルトに話しかける誰もが親しげではあったが。

「まぁな」

「ですよね⁉」

シグルトからの同意を得た女性は嬉しそうに微笑む。

彼女の心からの笑顔はとても美しく、レインは純粋に見惚れた。

「食べてくださいね、お客人。あ、お名前は？」

女性に尋ねられると同時に、シグルトの手がそっと彼女の背中に添えられた。これはおそらく――。

（名前を言ってもいい、ということなんだろうな）

「レインと申します」

名前を告げると、女性の顔がますます輝く。

「レインさん、なんて綺麗なお名前なんでしょう！」

「……！」

レインは小さく息を呑み、それから頷いた。

「ありがとうございます」

微かに震えた背中に添えられたシグルトの手に力がこもった。

昼食後に馬車に乗り込んだ。隣に座ったシグルトが眉間を指で揉みこむのをレインは見ていた。

しばらくしてシグルトが呟いた。

「言っただろう？　この国は閣下とか陛下とかそんな感じじゃないって」

「はい」

それは確かにそうだった。人々はシグルト様、と彼の名前を親しげに呼んだ。

「そういえばまだ伝えていなかったが、ガラルの国でどうだったかは知らないが、君はこの国では客人だからな」

「客人……？」

「ああ。基本的に竜人の国では、誰でも客人になるんだよ。寿命が長い割に、子供がなかなか生まれないのでね」

はっとしたレインが彼を見上げると、シグルトは穏やかな表情を浮かべていた。

「竜人の生態については、おいおい話そう。今はその果実を食べたらいい。肌が綺麗になるらしいからな」

どこか面白がるような口調でシグルトがレインの手元にあったピンク色の果実を指し示す。だがレインは食べるのを躊躇った。

「大丈夫。毒は入ってないよ。彼女たちはそんなことはしない」

レインは首を横に振る。

「そんな心配はしていません。ただ……その……」

彼女は一瞬俯《うつむ》き、それから顔をあげた。

「お腹がいっぱいすぎて、今すぐには無理そうです」

思っているより悲壮感が出た。今日の昼食は、白身魚のフライがメイン料理で、とても美味しかった。美味しすぎて、少し食べすぎてしまったようだ。以前より食欲が増したとはいえ、レインの胃袋はまだ小さいままなのである。

シグルトが吹き出したのでレインはぱっと彼を見上げた。

「失礼」

くっく、と笑いながら彼は口元に拳《こぶし》をあてる。

「そんなこの世の終わりのように言わなくても」

「……でもあの女性に申し訳なくて」

「後で食べるんだろう？　気にするな」

シグルトが片手で自分の顔の下半分を覆った。

「なるほど。君はどこまでも真面目《まじめ》なんだな」

「……？」

「竜人たちは、あまり深いことを考えない。竜人の特性と言ってしまえばそれまでだが……。あの女性は純粋に君のことが気に入って、その果物を渡したんだ。君が果物を受け取った時点で、あの女性の気持ちは報われているんだよ。だから『今すぐ』食べる必要なんてどこにもないんだ」

（そんな風に、言ってくださるなんて）

彼女はぎゅっと手を握りしめた。

「ありがとうございます。後で、必ずいただきます」

「うん、それがいい。美味しく食べてもらった方がその果物も、あの女性も喜ぶ」

シグルトの相槌《あいづち》がとても優しく感じられた。


「レイン、もうすぐ王都だ」

シグルトの言葉にレインは顔をあげた。国境付近に比べると、格段に大規模な街をいくつも通り抜けてきた。竜人の国に入ってからシグルトたちの緊張感はすっかり解かれている。

どの街でもシグルトたちは歓迎され、また「君は客人だよ」という彼の言葉が嘘ではないことが証明された。竜人たちは、レインやマーシャが竜人でなくても気にした様子ひとつ見せずに、おしなべて親切だった。

彼らはシグルトに贈り物を渡し――ぶどう酒や果物、焼き菓子にその土地で有名らしい食べ物――必ず一言添える。

『お客人にも食べさせてくださいね！』と。

あの日、竜人の女性からもらったピンク色の果実は、その夜に宿屋で食べた。マーシャが皮を剥《む》いてくれると、中身は白くて瑞々《みずみず》しかった。一口食べて、レインはカトラリーをそっと置いた。

目をつむって、味を堪能《たんのう》する。

（美味しい……）

しゃくしゃくとした歯ごたえのその果実は確かに酸味が強かったが、あの竜人の女性の想いをのせているると思えば、レインにとっては他には何にも代えがたい味に感じられた。

翌朝、馬車に乗り込むとシグルトが笑った。

『肌が綺麗になったんじゃないか？』

どうやっても小さな笑みすら作れないレインは頷くことしかできなかった。シグルトは気にしていない様子で、レインの背中をぽんと叩く。

『うまかったなら何よりだ』

シグルトは機嫌良さそうに呟いた。

その後、『シグルト様たちだけではなく、お客人にもわけてくださいね！』と言われなくても、シグルトはレインたちにお裾分けをしてくれた。

今まで『見えない』人間として生きていたレインにとって戸惑うことばかりだ。

そして彼らに『見えている』と思う度に、レインの心は小さく疼く。ちくちくと痛むような、熱を孕んでいるような……。

その感情につけられる名前を、レインは知らない。

そうしている間に、シグルトたち竜人の食事の量や、家々の庭でたなびく『祝福の布』を見るのも、三時間ごとに鳴り続ける大きな鐘の音にも、少しずつ馴染《なじ》んできた。そして今やいつの間にか市街地を抜け、山道を登り始めていた。今、レインの目の前に広がっているのは森だ。

「ちょうどいい、王都が一望できる場所がこの先にあるから止まろう」

「一望できる場所、ですか？」

シグルトに質問をすることにも、躊躇いはなくなってきた。シグルトがきちんと取り合ってくれることを理解してからは特に。時々言葉にならずに口ごもったりしても、シグルトは決して笑ったりはしない。レインの言いたかったことを尋ね返してくれることもある。

『見えない』人間である時間が長すぎて、決して会話がうまいとは言い難《がた》い。だがシグルトに対しては少しずつ、レインの言葉は滑らかに出てくるようになった。

今もレインが尋ねると、彼はすぐに頷いてくれた。

「ああ、そうだ」

それからシグルトは馬車の壁をどん、と叩く。彼が声を張り上げて御者に指示するのにもすっかり慣れた。そしてシグルトがそう言ってから三十分後、馬車から降りたレインは眼下に広がる光景に息を呑んでいた。

四方を山に囲まれたその場所に、王都は広がっていた。

『祝福の布』が至るところに飾られている王都は、これだけ離れて立っていても、色鮮やかな印象を与える。

だが、それよりレインの目を捉えたのは王都をぐるりと囲む湖である。

まるで陸の要塞ともいうべきで、あえてあの島に王都を構えているのかもしれない。湖の上を渡り鳥たちが悠々と飛んでいる中、鐘が鳴り始めた。シグルトの指がまっすぐに、王都の中心部に建っている大きな白壁の建物を指し示す。

「見えるか？　王宮があそこにある」

「なんとか、見えます」

レインは目を凝らして、王宮を見ようと努力した。ここからではかろうじて大きな白い建物だ、ということしか分からない。

「うん。その隣に建っているのが修道院だ。金色の鐘が見えるか？」

隣に建っているのも白い壁の建物だとは分かるが、さすがに鐘の色までは確認できない。レインは首を横に振った。

「そうか。修道院が見えないとなると、俺の屋敷は確認できないな」

シグルトが指を下ろした。

「ようこそ、レイン。我が国の王都へ」

はっとしたレインが見上げると、シグルトと視線が合った。彼の黒っぽい髪が陽《ひ》に透けて、茶色に輝いている。

「さあ、女王にお目通りを願おう」

☆

近くに寄れば、まばゆく白磁色に輝く壁を持つ王宮は、しかし意外にもそこまで豪華絢爛《けんらん》という感じを与えなかった。もちろん質素ではないが、だがガラルの国の王宮に比べると、内装はあまり豪勢な印象ではない。

(居心地がとても良さそう)

敷きつめられている濃いブルーの絨毯《じゅうたん》は柔らかかったし、ところどころに飾られている花々は華やかな印象を添えている。廊下には絵画も飾られ、置いてある調度品全てが温かみのあるデザインに感じられた。

ガラルの国の王宮は、レインにとっては冷たさしか感じさせなかった。だがここでは、王宮の外門を護《まも》る衛兵たち——甲冑を着込んでいる屈強な竜人たちばかり——も、シグルトに気安い態度だった。

そして誰もがみな、シグルトの隣にいるレインに目を留め、優しい言葉をかけてくれる。

そしてレインは、シグルトたちと共に中央階段を使って三階まで上る。マーシャは女王の従者に案内され、違う部屋で待つことになった。

至極意外なことに、女王は自分の私室でレインを迎えた。

「シグルト、どうして先触れをちゃんと出さないの」

レインの母親といってもおかしくはない年齢に見える女王の私室はとても可愛らしい部屋だった。全てがピンク色で統一されていた。何しろソファまでがピンク色なのだ。

ソファに座ったままの女王に、敬礼をすませたシグルトは肩をすくめる。

「出しましたが?」

「全然間に合ってないけれど？　この部屋でお客人を迎えることになってしまったじゃないの」

お客人、と言われ、シグルトの隣に立っていたレインの胸がどきんと高鳴った。

女王は颯爽《さっそう》と立ち上がると、歓迎の意思を見せてくれた。

「はじめましてお客人。私はイルドガルド＝メイフィールド。運命から逃げられなくてこの国の女王をやっているの。私室でお迎えすることになって、申し訳なかったわ」

サバサバした口調の女王は美しい笑みを浮かべた。銀色に輝くウェーブした髪をひとつにまとめ、ライトグリーンの瞳は知的で穏やかな光を灯《とも》している。さすがに女王は品のあるドレス姿だが、それでも身体のラインはしっかりと出ている。

（なんて綺麗なお方なんだろう……）

イルドガルドの微笑みに見惚れていたレインは、そこで慌ててカーテシーをした。

「お名前は？」

「……レイン、と申します」

一拍開いてしまったが、なんとか答えることができた。

「まあなんて可愛らしい子」

イルドガルドの手がそっとレインに触れる。薄い手袋をしていても、彼女の手が温かいのがレインに伝わってくる。彼女はレインの手を握りしめ、ふと目を細めた。それからしばらく黙っていたが、やがてにこりと微笑む。

「レインなんて素敵な名前ね」

「──！」

そっと手を放しながら、あの竜人の女性のようにイルドガルドも彼女の名前を褒めてくれた。

「貴女のことをレインと呼ばせていただいても？」

もちろん、とレインは頷いた。

「我が国にいる間は、貴女は私の娘も同然よ。どうぞ私のことはイルドガルドと呼んで頂戴」

どうやら歓迎されているらしい、と気づいてレインの顔色は即座に真っ白になる。胸にさげているネックレスが、何十倍もの重さに感じられて、呼吸ができなくなりそうだ。

「どうなさったのレイン。具合でも悪い？」

イルドガルドが心配そうに声をかけてくれると、すぐにシグルトが助け船を出してくれた。

「疲れかもしれません。ここ一週間ほど休まずに旅してきましたからね」

「まぁ、ちゃんと優しくしてあげたの、シグルト？　貴方《あなた》ったら朴念仁《ぼくねんじん》だから——」

だがそこで口を挟んだのはそれまで後ろで黙って話の成り行きを見守っていたサンダーギルだった。

「その点は大丈夫ですよ、イルドガルド様」

グリフォードも頷く。

「旅の最中のシグの様子をイルドガルド様にも見せてやりたかったですよ」

二人も、やはり女王に対しても気安い態度は変わらない。そして女王がそういった彼らの言動を気にしている素振りもなかった。

「あらまぁそうなの？」

イルドガルドのライトグリーンの瞳が丸くなる。

「二人とも黙ってくれ」

シグルトが後ろを振り向いてそう言うと、サンダーギルとグリフォードがわざとらしく口をつぐんだ。その様子を見ていたイルドガルドがころころと笑いだした。

「そうなの、シグルト。貴方もしようと思ったら優しくできるのね」

シグルトが咳払いをする。

「それでイルドガルド様、レインの体調があまりよくなさそうのでこれで失礼いたします。また日を改めて参ります」

「そうね、そうして。レインをどこで迎えるか決めたの？」

「俺の屋敷です」

シグルトが答えると、背後でサンダーギルとグリフォードが、ぶは、と息を吐く。

（えっ……!?）

レインは心底驚いて、今度こそ一瞬呼吸が止まった。シグルトを見上げると、彼の思慮深い瞳と視線が合う。

「嫌か？　どうしても嫌だったらイルドガルド様に頼んで、王宮のどこかに部屋を空けてもらうが」

「そうね、もちろんそれでもいいわよ。日当たりの良い部屋がいいわね。可愛らしいレインにぴったりの、可愛いお部屋にしましょう」

イルドガルドが頷く。

「王宮なんて窮屈でしょ。シグルトがうざかったら俺の家でもいいですよ」

レインたちの背後で、サンダーギルが再び口を挟み、グリフォードもそれがいい、などとのたまっている。二人とも、旅の最中レインたちに親切だったから、嫌々の申し出には感じられなかった。

レインは一度口を開いて、それから閉じた。

「レイン？」

シグルトに優しく促されるように名前を呼ばれると、彼女の口元がわななないた。

（みなさん、わ、私の、私なんかの、ためにそんな風に言ってくださって……）

言葉にならずに、レインは隣に立っているシグルトの腕にそっと手を置く。どうやらシグルトにはそれで十分だったようだ。彼はそのまま彼女の背中に手を回してくれた。

（あたたかい……）

背中に置かれたシグルトの手から温かみが流れ込んでくる。

そんな二人の様子を見守っていたイルドガルドがゆったりとした笑みを浮かべて頷いた。

「改めて、我が国へようこそ、レイン。歓迎するわ」


王宮から外に出るやいなや、サンダーギルがシグルトを呼び止めた。

「おい、本当にお前の屋敷に連れていくのか？」

シグルトが足を止めたので、レインもそれにならう。

「何か問題か」

振り返ったシグルトに、サンダーギルはにやにやとした笑みを向けた。

「別に問題はないけどな」

「問題ないなら、黙っていろ」

シグルトが鼻を小さく鳴らした。

「マーシャはどうするんだ？」

「どうするもなにも一緒に連れていくに決まっている」

レインがシグルトをぱっと見上げると、彼は安心してと言わんばかりにレインに向かって頷いてくれた。

「もちろん、彼女も共に歓迎するよ」

レインはあまりの驚きで、礼儀のカーテシーをするのも忘れてしまった。

「……ありがとうございます……！」

しばらくして、ようやく出た言葉は掠れていた。

「礼には及ばない。最初に言っただろう？　俺はできない約束はしないんだ」

ラピスラズリの瞳が優しく緩められる。

「なんだかかっこつけてら」

三人より後方に立っていたグリフォードが胸元の鱗をぼりぼりとかきながら、口元を歪める。サンダーギルが笑いながら弟を振り返った。

「グリフ、仕方ない。シグルトは『朴念仁』だから」

「うーん、『朴念仁』の言葉の意味、間違ってないかな!?」

「そうだな、もしかしたら『むっつり』かもしれないよな」

「だいぶんマイルドな表現じゃないか、それって」

「そりゃそうだろ、姫サマの前でさ――」

兄弟は気ままな会話を繰り広げ、シグルトは嘆息した。

「気にするな、レイン」

それから身振りでもう行こうと示す。それに気づいたグリフォードが声をあげた。

「早く二人きりになりたいってか？」

グリフォードの顔に浮かんでいるのは満面の笑みで、彼はただ単にからかっているのにすぎない。

（冗談をおっしゃっているのよね……でもどうして？）

レインはこの会話の意味するところがまったく理解できず、少しだけ身じろいだ。

「どう取ってもらっても構わない」

シグルトが静かに答えると、グリフォードが固まった。その隣でサンダーギルが顔の下半分に手をあてる。すぐにサンダーギルが大声で笑い始めたので、レインはやはりこの会話は冗談なのだと確信を持った――何が面白いのかはよく分からないけれど。

シグルトの屋敷は、王宮を出てからしばらく馬車を走らせた先の、修道院のほど近くにあった。王宮からマーシャも共に馬車に乗ったが、シグルトは当たり前のようにレインの隣に腰掛けた。

「この辺りは役人が居を構えているエリアだ」

とシグルトが説明をしてくれた。大きな道を挟んで大きな屋敷が立ち並んでいる。王宮や修道院に比べることはできないが、どの家もとても立派だった。そしてもちろん、家の前に植えられている木には『祝福の布』がたなびいている。

「竜人はとにかく大きな器が好きだから、立派な家が好まれる。俺とは好みが違うんだよな——ああ、そこの家だ」

白い石壁であるのは周囲と同じだが、確かにシグルトの屋敷は一回り小さかった。そして他の家との決定的な違いは——。

(あれ、『祝福の布』がどこにも飾られていない……?)

ちらりとそんなことを思ったが、もちろんシグルトに直接聞くわけもない。レインはシグルトに案内されるまま、馬車を降りて屋敷の中に入る。

意外なことに室内は白ではなく、茶色を基調とした落ち着いた内装だった。また屋敷に入るとすぐに二階に上がる大階段が目に飛び込んでくる。

あまり大きな家は好きではない、とシグルトは言ったが、王宮しか知らないレインでもとても立派な屋敷だと感じられた。

「おかえりなさいませ、シグルト様」

スーツを着込んだ大柄な男性が歩いてきて、シグルトに頭を下げた。この男性は見たところまだ若々しく、四十代くらいだろうか。彼のシャツのボタンもいくつか開けられていて鱗が見えている。

「ああ、ただいま帰った。レイン、執事のヒューバートだ」

シグルトがレインに紹介してくれた。

「はじめまして」

レインが挨拶をすると、ヒューバートはシグルトにするのと同様に深々と頭を下げてくれる。

「歓迎いたします、レイン様」

他の竜人たちと変わらず『見えている』ように接してくれるヒューバートに、レインの胸は温かいもので満ちた。

「ヒュー、レインの部屋を準備しておいてくれたか？」

「はい、整えておきました」

「レインの側仕えのマーシャの部屋も必要だ。準備してくれ」

「かしこまりました」

そこでシグルトはレインを見下ろした。

「疲れただろう、少し休むといい。俺は今から王宮に戻る……本当は君がこの家に馴染むように今日くらいは一緒に過ごしたいが、仕事があるのでね。分からないことがあればヒューに聞いてくれ」

彼はこの国の宰相だ。ガラルの国の王が驚いていたように、本来であれば彼自らが使者となるような立場ではないのである。

「はい、ありがとうございます」

レインが頷くのを待って、シグルトが続けた。

「晩には戻ってくるつもりだから、晩飯は一緒に食べよう。それまでは好きなように過ごせ」

それではまるで本当の客人のようではないか。レインが逃げようとしたら、彼はどうするのだろう。もちろん、レインにはそんな気はないけれど。

「いいか？」

探るように尋ねられて、レインは瞬いた。

「お気遣いいただいて、ありがとうございます」

シグルトのラピスラズリの瞳が細められ、それから彼の大きな手がぽんとレインの肩におかれた

——まるで子供にするみたいに。

「疲れていたら、俺の帰りを待たずに休んでおけよ」

彼はそう言い置くと身を翻《ひるがえ》して、玄関を出ていった。

ヒューバートに案内された部屋は、イルドガルドの私室のように可愛らしい印象を与える内装だった。玄関ホールや廊下は木の素材を生かしたデザインのように思えたが、この部屋だけは違った。白を基調にした家具や、レース素材を使ったカーテンがかけられていた。何より窓の外にはバルコニーがあり、外に出られる造りなのだ。また足元から頭上までの大きな窓のおかげで、光が差し込み、室内はとても明るい。

レインはそっと窓辺に寄り、屋敷の裏庭に視線を転じた。裏庭の真ん中には噴水があり、周囲を花壇が囲んでいる。噴水の向こうにはガラスで作られたテラスがあるのが見える。

（ここにも『祝福の布』はないわ）

そして彼女の視線は自然と空に吸い寄せられた。

王宮の部屋から眺めていた空はいつでも小さく、遠いように感じていたが、この部屋から眺める空は広くて、色がはっきりしているように思う。

時々、キラリと光る影がある。あれは竜だろうか。

「荷物をお運びしました」

いつしか夢中で空を眺めていたレインの背後でヒューバートの声が響く。

レインが振り返ると、ヒューバートと共に荷物を抱えたマーシャが入ってくる。

「ありがとうございます」

レインが礼を言うと、ヒューバートが尋ねた。

「荷物を解かれるのは、私が致しましょうか？　それともご自分で？」

「さしつかえなければ、私めが」

マーシャがそう答えると、ヒューバートは、ではすぐにお茶をお持ちいたします、とだけ告げて辞した。どちらにせよ小さなトランク一つだけで、ほとんど時間はかからない。

シグルト様は本当によくしてくださる、とレインは思った。

（荷物ですら、自分たちで解かせてくれる……もし何か……害なるものを持ち込んでいたら……とはお考えにならないのだろうか）

レインは小さく息を吐いた。

それからぎゅっとネックレスをドレスの上から握りしめる。

そして、再び空を見上げたが、そこにはもう、何の影もなかった。

翌日、もう一度王宮に赴いた。

イルドガルドは相変わらず、レインに優しく接してくれた。彼女は、レインに王宮に頻繁に来る必要すらないと微笑んだ。

「ただでさえ、異国で暮らさなくてはならないのに。王宮なんかに呼ばれたら、肩こっちゃうでしょう？　レインは気楽に過ごしてね。何かあったら、シグルトに言いなさい」

シグルトはレインの隣で頷いている。

別れ際にはイルドガルドはレインをぎゅっと抱きしめてくれた。

「ああ、貴女は本当に得難い存在ね。こうして触れるとそれが伝わってくるわ」

イルドガルドの体温は、彼女の言葉と同じくらい温かかった。

「困ったことがあったらいつでもいらして」

胸がいっぱいになったが、自分がどんな顔をしていたのか、レインには分からない。いつもと同じように無表情だったはずだが、イルドガルドもシグルトもそのことを決して口にしなかった。彼らは笑顔で、ただレインを歓迎してくれただけだった。

そうして竜人の国での、シグルトの屋敷で暮らす生活が始まった。

マーシャが側仕えとして働いてくれているから、レインにとって心強かった。しかも以前に比べると断然マーシャは生き生きとしている。

「おはようございます、レイン様」

朝がマーシャの明るい声で始まるのは、レインにとって心地よいことだった。

髪を整えながら、綺麗ですね、と言い、ドレスが似合っています、と言ってくれる。マーシャに褒められると、どこかくすぐったい気持ちになった。

マーシャのことも、シグルトの屋敷の使用人たちはすぐに受け入れてくれたのだという。親しくなった使用人たちから聞いた話を、マーシャがしてくれるようになった。ガラルの国では一度も見たことのなかったマーシャの笑顔は美しかった。

シグルトはこの屋敷に一人で住んでいた。

シグルトの両親は、彼が独り立ちしてから離れた街に移り住んだのだという。

竜人の国に戻ってから二週間、彼は朝早くから晩まで王宮に出向いていて、レインは好きに過ごすように、と伝えられた。

レインが思いきって図書室に行ってもいいかと尋ねると、シグルトは快諾してくれた。

シグルトの屋敷の図書室の蔵書は、基本的にはレインでも解せる言語で書かれた本がほとんどだったが、もちろん竜人の言葉で書かれた本も並んでいる。レインの今の知識では読み解くことは無理だったが、本を眺めるだけで楽しかった。

本さえあれば、レインは何時間でも一人で過ごすことができる。

彼女はまったく窮屈な思いをすることなく、日がな一日自分に与えられた部屋で過ごした。

シグルトとは朝食の席でも会わないことも多かったが、それだけ仕事が溜《た》まっているのだろう。だが彼は夕方になると必ず戻ってくる。そしてレインと食事を一緒にとるのが日課だ。

テーブルには向かい合って座る。

今夜は羊のカツレツと雉《きじ》のパイが並んだ。シグルトはどちらかといえば魚の方が好みらしいが、肉の方が安価で手に入るらしく、食卓に並ぶのは圧倒的に肉料理が多い。シグルトは肉や魚に限らず何でもよく食べるのだが。

器用にフォークとナイフを使い、シグルトは今日も気持ちがよい食べっぷりを見せた。

「うまいな」

「はい」

「この赤い野菜あるだろう？　甘めが定番らしいが、うちの料理長は甘酸っぱく煮る。これがまたカツレツに合うから食べてみてくれ」

彼に勧められるがまま、付け合わせの野菜を口にする。この野菜はガラルの国では見たことがないが、おそらくシグルトはそれを知っていて、さりげなくこうしてレインに説明をしてくれているのだ。

細長くカットされたそれを口に入れると、たしかに甘酸っぱいが、とても瑞々しい。竜人たちが果物を好きだからか、おしなべて野菜も美味しい。

「すごく美味しいです」

「だろう？　口の中がさっぱりするんだよな」

シグルトとこうして会話をしながら食べると、余計に美味しく感じられる。今まで誰かと会話をしながら食事をしたことがなかったレインの、これまた生まれて初めての経験だった。

食後の果物を食べたあと、シグルトが切り出した。

「今まで時間が取れなくてすまなかった。明日は休みになったから、街に行こう」

レインは瞬いた。

「一日しかないから行けるところは限られているが、とりあえずざっと案内するよ」

「構わないのですか……？」

「構わないもなにも、遅れて申し訳ないくらいだよ」

「まさか、そんな……」

「それに君の身の回りのものも買わなくては。イルドガルド様にも叱られたよ。そこまで気が回らなかったのは俺の手落ちだ。朴念仁だと叱られても、仕方ない」

予想外の言葉にレインは躊躇い、俯いてしまう。

「レイン」

呼びかけられ、レインは顔をあげた。向かいの席に座っているシグルトは、穏やかな表情だった。

「君が信じてくれるまで何度も言うつもりだが、レインは『客人』なんだ」

「――……！」

膝に置いたままの指が微かに震える。

「前にも話したが、竜人は寿命が長すぎるほどに長いだろう？　それも関係しているのか、子宝になかなか恵まれない。だから俺たちは、基本的に我が国にやってくるものはみな『客人』という考えだ。

大事にしたい、と思っているんだ」

　シグルトはそこで一度言葉を切った。

「俺たちは、俺は、レイン、君のことを大事にしたいと思っているよ」

　レインの唇がわなないたが、彼女は何一つ言葉にすることができなかった。シグルトが前髪をかきあげた。そうしてからシグルトはふっと表情を崩す。

「まだここに来て二週間だ。今すぐには難しくてもいつか俺の言葉を信じてもらえたらとは思っている。とりあえず今夜は、明日のためにゆっくり休んでくれ」

　その夜、自室に戻ったレインは、夜空を見上げながらシグルトの言葉を何度も何度も胸の内で繰り返していた。

（私は、私には――。そんな風に言っていただく価値なんてない、のに……）

◆

「陛下」

　玉座に座ったガラルの国の王は、側近からの報告を受けていた。

「恐れながら、例年より雨が長く続いている関係で、辺境の地からの献上品が遅れているとのことです。どうやら川が氾濫《はんらん》しそうだと」

「ああ、辺境の地からの献上品……確かサカールディアが好きな絹だったか」

王は眉間に皺を寄せた。

ここしばらく、雨が降り続いているからこればかりは仕方ない。ガラルの国で春といえばもともと天候が乱れがちだ。

今まで川が氾濫したことも、一度や二度ではない。

けれど、王妃気に入りの献上品の到着が遅れるとなると、面倒なことになるだろう。そのせいで王妃が機嫌を損ねるのが煩わしい。

「必要があれば、救援を送れ」

「はっ、かしこまりました」

側近はすぐに部屋を辞した。

王は、とん、と玉座の肘掛《ひじか》けを指で叩いた。

三章　「初めて知った感情」

竜人の国は今日も快晴だった。

前夜の約束通り、シグルトは王都を案内してくれた。馬車に乗って街の真ん中に行き、驚いたことにあとは歩くのだという。

これが竜人の国ではごく一般的だ、と聞いてレインは読んだ本に書いてあっただろうか、と思い返していた。

「ガラルの国では貴族はあまり歩かないと聞いたな。もったいない、自分の足で見て回れるというのに。もっとも治安の良さが違うのかもしれないが」

今日もきちんと首元までボタンを留めたシャツを着ているシグルトは、自国への愛を隠していなかった。そして王都でももちろん、シグルトは人に囲まれ続けた。竜人たちはシグルトの隣にいるのが、ガラルの国からの『客人』だと知ると、相好《そうごう》を崩して挨拶《あいさつ》をしてくれる。

挨拶の品を渡そうとする竜人もいたが、さすがに歩きだから、とシグルトは如才《じょさい》なく断っていた。

基本的には挨拶を交わしているだけだが、時々シグルトとの対話を所望する竜人が現れる。

「レイン、すまない。彼の話を聞いてもいいか」

シグルトはその度にレインに断った。話を聞いて欲しいという竜人も、レインに感謝の意を示す。シグルトは真剣に話を聞き、アドバイスが欲しいという竜人には的確に助言をし、時には必要だと思われる機関や役所を紹介することもした。またすぐには回答が出ないと思われることは、持ち帰ってから対処する、と約束をしている。

(すごい……)

隣で話を聞いているだけでも彼が竜人たちからどれだけ信頼されているかが伝わってきた。それだけではなくシグルトが彼らの多岐にわたる質問に応《こた》えられるだけの知識を有しており、また感情に左右されないで答えを出せるだけの冷静さを有していることも分かる。

「おねえさん」

つん、と腰のあたりをつつかれて、レインは視線を下に向ける。そこには五歳くらいの、綺麗《きれい》な銀髪の幼女が立っていた。

(五歳くらいに見えるってことは……人間でいうと何歳なのだろう?)

「おねえさん、シグルト様のたいせつなひと?」

女の子の瞳《ひとみ》はきらきらと輝いていて、そうであったらいいのに、と願っているかのようだった。

レインは身を屈《かが》めて、女の子と視線を合わせる。

「違うわ」

途端に女の子は残念そうな顔になってしまった。申し訳ないな、という気持ちがレインに湧いたが、嘘《うそ》はつけない。

「でも、おきゃくじん、なんでしょ？　シグルト様が今までおきゃくじんをつれてることなんてない、ってうちのおねーちゃんが言ってた」

それにも答えられずレインが口をつぐんでしまうと、女の子が首を傾《かし》げる。

「ちがうの？　じゃあ、おねえさんはなに？」

その問いかけはレインの心にまっすぐに届いた。

（私は、何者なのだろう……）

しばらく考えてから、レインは口を開く。

「……私は……」

女の子の澄んだアクアブルーの瞳を見た。

「私は、竜人の国の勉強をしにきたの」

彼女はぱっと表情を明るくした。

「そうなんだ！　だからシグルト様といるのね！　ねえねえ、わたしの国のこと、好き？」

その質問にだったら素直に答えられる。

「ええ、好きよ。だって皆さん……優しいもの」

女の子はようやく満面の笑みを浮かべた。彼女はスカートのポケットから小さな水色の花を取り出すと、レインに差し出す。

「よかった。これね、わたしの一等好きなお花なの。おねえさんにあげる」

レインは息を呑《の》んだ。

「かわいいでしょ？　Ｘ◎※＊っていう花なの！」

竜人の言葉で囁《ささや》かれたそれを、レインは理解できたらなと願った。微《かす》かに震える指でその花を受け取ると、少女に向かって頷《うなず》いてみせる。

「ありがとう……。本当に可愛《かわい》い。私、大事にするわね」

「そうして！　あ、おねーちゃんが呼んでる。じゃ、おねえさん、またね」

女の子が駆け出して、レインは渡された花に視線を落とす。

彼女のポケットの中にしまわれていたからか少しだけ萎《しお》れて、よれよれになってはいたが、レインの瞳にはどんな花よりも尊く見えた。

レインはその花を握りしめながら、立ち上がった。視線の先で、先ほどの女の子が姉と思《おぼ》しき女性の隣で、レインに向かって手を振っている。レインは反射的に手を振り返した。

（この国について、知りたい）

胸が熱くなり、無心にそう思った。

ぽん、と誰《だれ》かが肩に手を置く。

シグルトだった。

「行こうか」

どうやらちょうど人々の話の切れ目だったらしい。差し出されたシグルトの腕にレインは掴《つか》まった。もう片方の手には少女からもらった花を大切に持ったまま。

「歩くのも、悪くないだろう？」

彼が澄ました顔でそう言った。

シグルトとの散策はことのほか楽しかった。

彼は行く先々で人々に囲まれたが、都度レインに気を配ってくれたし、そもそも竜人たちはレインへの歓迎の意思をあけっぴろげに示してくれるから、窮屈な思いをすることは一度もなかった。

竜人たちは決して野蛮でも、乱暴でもなかった。彼らは底抜けの明るさを持ち、感情に素直だった。ガラルの王宮にいた頃《ころ》のように、『見えない』ふりもされず、また感情の裏を読む必要もない。レインはいつの間にかどこかくつろいだ気持ちにすらなった。

とはいえ、今までの人生をほとんど小さな部屋で過ごしていたレインは体力が極端になかった。彼女は黙っていたが、脚が痛くなってしまったのをシグルトにはお見通しだったらしい。彼は頃合いを見て、少し休もうと彼女を誘った。

連れてこられたのは王都では珍しくないという、公園にある店だった。店といっても、広場にいくつものテーブルと椅子《いす》が並べられて、人々はそこでお茶を楽しんでいる。

竜人たちは声が大きい。ガラルの国の貴族の間でははしたないとされるが、楽しげに笑い合う声や夢中になってお喋《しゃべ》りに興じている彼らの声は、レインの耳に心地よく響く。

席につくとすぐに店のウエイターがやってきて、シグルト様、と表情を明るくする。どうやら顔見知りらしい彼としばらく世間話をした後、シグルトが注文した。

すぐに運ばれてきたその紅茶は、赤みの強い色をしていた。喉《のど》が渇いていたレインが飲んでみると、ほのかに甘みを感じられてとても美味《おい》しい。

「竜人たちは自然が好きでね。こうした外の店の方が人気なんだよ。何しろ風を感じられて、小鳥のさえずりだって聞こえるからね」

「確かに、素敵ですね」

レインはそう相槌《あいづち》を打った。

「おや、君ももう竜人の国に馴染《なじ》んできたってことかな」

シグルトがちょっとおどけた風に彼女をからかう。そんな彼の顔にさっと影が差し、すぐに消える。

レインが空を見上げると、上空を竜が飛んでいった後だった。

「ああ、空の散歩をしているな」

シグルトの説明によると、竜人たちは時々竜の姿に戻り、湖岸で水浴びをし、空を飛ぶのが大好きだというのだ。

「とりたてて竜の姿に戻らなくても問題はないのだがな。やはり本能には勝てないというわけだ」

シグルトはそう言いながら紅茶のカップを傾ける。それから彼は何かを思い出したかのように、レインに話し出した。

「本能といえば……レインの後ろに聳《そび》えている山があるだろう?」

振り返り、彼が指さした後方に目をこらした。王都は四方を山に囲まれているが、とりわけ標高が高い山のことだった。その山の上部は白く、きっと雪が積もっているのだろう。

「俺《おれ》の家からも見えるが、この公園からだと綺麗に望める。あの山は、竜人たちにとって聖地なんだ」

「聖地、ですか？」

「そう。マルカンの山と呼ばれているのだが、竜人たちにとって最期をあの山で迎えるというのは、来世まで続く幸福だと考えられているんだよ。自然の中に還《かえ》りたい、という願いも込められている」

「最期を……？」

「うん。頂上に登る余力さえあれば、だが」

「そう、なんですね……」

姿勢を戻したレインはテーブルの隅に置いた女の子からもらった水色の花を見つめた。

(私……この国のこと……)

不意に黙り込んでしまったレインをシグルトは優しい眼差《まなざ》しで見守っていた。


シグルトがレインのドレスを買う、と言い張った。

それは申し訳ないと断ったのだが、竜人の国にいるのだから、竜人の着るようなドレスが必要だろう？　と彼はまったく折れず、最終的にイルドガルド様に叱られてしまう、とまで言う。イルドガルドの名前を出されると、レインは口をつぐむしかない。

既製品を扱うドレスショップに入り、他《ほか》の竜人の女性たちが着ているような露出度が高いドレスではなく、大人《おとな》しめのデザインを選ぶことにした。

ガラルの国に比べると、竜人の国のドレスは鮮やかな色使いのものが多かった。

「これはどうだ？」

最後にシグルトが指し示したのは、清楚《せいそ》な印象を与える濃いブルーのドレスだった。デザインはとても気に入ったが、レインは躊躇《ためら》った。まるでそれがシグルトの瞳の色のようだったから。

「青が好きなんだろう？」

だがシグルトがそう続けたので、自分の考えすぎだと打ち消す。結局そのドレスも買ってもらうことにした。


迎えの馬車に乗り込む頃には、すっかり日が傾きかけていた。馬車の中もオレンジ色の光が差し込んでいる。

「楽しかったか？」

「はい、とても」

自然と声が弾む。

ドレスを購入した後、シグルトは王都の要所を案内してくれた。図書館や、美術館、博物館、劇場。一番の繁華街や市場なども。シグルトはとりあえず今日はざっと紹介しただけで、決して特別な場所ではないと言っていたが、レインにとってはどこであってもただただ楽しかった。彼女は自分の手元にある小花を見下ろした。

女の子のくれたこの小花は、後で押し花にするつもりだ。

勇気を出して、おそるおそる口を開く。

「あの……あつかましいお願いなんですが、一つ伺っても？」

シグルトの瞳が緩められる。

「ああ。一つと言わず、いくらでも構わないよ」

彼女は心を落ち着けようと、無意識に自身の唇を舐《な》めた。

「このお花はなんていう名前なんですか？　できれば竜人の国の言葉で教えてください」

あの女の子に、もし街ですれ違った時には改めてお礼を言いたい。その時に正式な名前を言ったら、女の子は喜んでくれるだろうか、とレインは考えた。

「何かと思ったら……お安い御用だ」

シグルトの発音を、オウム返しで真似する。

「ユパウラゥサア……？」

だが、どうしてもどこか違う響きになってしまう。

(難しいわ)

レインはすっと眉間《みけん》に皺《しわ》を寄せた。

その時。

「ふっ」

隣に座っていたシグルトが小さく吹き出した。そんなに発音が変だったろうかと彼を見ると、シグルトははっきりと相好を崩している。

「君、初めてまともに表情が変わったな」

「え？」

「かわいい」

シグルトが微笑《ほほえ》む。

(かわ、いい……!?)

呆然《ぼうぜん》とするレインを前にして、シグルトの笑みが大きくなった。

「そうやってぽかんとする顔も、かわいい」

「……!?」

(シグルト様は、どうかされたの……?)

自分が可愛くないことは、レインが一番よく知っている。レインの混乱ぶりが伝わったのか、シグルトはそれ以上は触れずに話題を変えた。

「レイン、竜人の国について知りたいのか?」

先ほど自分の中に湧き起こった望みをずばり言い当てられて、レインは驚く。

「そうやって竜人の言葉に興味が出たってことは、竜人や国について知りたくなったということではないのか?」

「いいの、ですか……?」

掠《かす》れたような声が出る。シグルトは心底意外だ、という表情になった。

「学ぶ権利は誰にでもあるだろう。もちろん君がしたくないといったら話は別だが」

「いいえ、いいえ……! 差し支えなければ是非学びたい、です!」

レインが彼の言葉を打ち消す勢いで声をあげると、シグルトの口元が緩んだ。

「本当は俺が教える時間を割《さ》けたらいいいんだろうが、申し訳ないが日中は政務が立て込んでいることが多くてね」

今こうして親切な若者のように振る舞っているシグルトだが、彼はこの国の宰相なのだ。シグルトが政務に忙殺されていることは、レインでも分かる。

「どなたでも、教えていただけるのであれば私は嬉《うれ》しいです」

「そうか。じゃ、教師を手配しよう——早速明日からでも」

レインの心に光が差した。

「ありがとうございます、シグルト様……！」

「お安い御用だ」

そこでレインの脳裏にちらりと自分の胸に下がっているネックレスの残像がよぎった。

（私ったら何を——）

陰りを帯びた思考に陥る前に、シグルトのラピスラズリの瞳が視界に入る。

レインはそこで自分の手首に巻いている紐《ひも》を触った。それから小さく息をつき、口を開く。

「本当にありがとうございます。明日から、勉強に励みます。とても……とても楽しみです」

レインがまだ見ぬ明日が楽しみだと思ったのは、これが初めてのことだ。シグルトの瞳が少しだけ見開かれたが、すぐに細められる。

「うん、そうしてくれ」

★

翌日、王宮のシグルトの執務室にて。

「それで、いつになったら会わせてくれるんだ？　俺もジュリアナもうずうずしているんだけど」

「会わせない」

「なんでだ！　サンダーギルもグリフォードも会っているのに！　しかも姫がめっちゃかわいいと聞いてるぞ！」

またしても我が物顔でソファに陣取ったディーターが叫ぶ。相変わらずシグルトは書類から視線を上げないまま、淡々と返事をした。

「言っただろう。彼女はまだこの国に慣れていない。ましてやお前なんて以《もっ》ての外《ほか》だ」

「なんでだ！」

再びディーターが叫んだ。

「ジュリアナはともかく、お前は無粋だからだ。レインが怖がる。ようやくやっと俺に慣れてきてくれたというのに」

きっぱりとした返事に、ディーターが言葉を呑み込んだ。それからしばらくして、おそるおそるシグルトに尋ねる。

「まさかとは思うが、その姫さんに惚《ほ》れたのか？」

ディーターはシグルトの返答を待った。

ありえない、とか、何を言っている、という否定だけではなく、面白《おもしろ》いことを言う、くらいの茶化す言葉もありかと思ったが、シグルトは口を開かない。

「へ……嘘だろ、シグ」

「何がだ」

ようやくシグルトが返答したが、ディーターの顔は見ないままだ。

「マジ、なのか……？」

シグルトが咳払《せきばら》いをする。いつも超然として落ちついている幼馴染《おさななじみ》の顔に——赤みが差しているように思える！

「俺が答えないのはいつものことだろ」

「ソリャソウナンダケドヨ」

これは早急にシグルトの家に行かねばならない、とディーターが思いを新たにしたところで、シグルトがため息をついた。

「どうせ来るなと言ったところで、お前もジュリアナも我慢しきれないだろうな。だから前もって言っておくが、レインは自己肯定感が著しく低い」

「……うん？」

「察するに、ガラルの王宮の奴《やつ》らは彼女を適切に扱ってこなかった。今回の件の咎《とが》も全て彼女になすりつけて知らんふりだ。そしておそらく彼女もそのことを疑問に思っていない。自分に価値がなくて、そういう扱いが当然だと思っている節がある」

「なんだそれ」

　ようやくそこでシグルトが書類からディーターに視線を移した。

「まさに、なんだそれ、だ。最初は一言話すのにも、自信がなさそうにみえた。俺が彼女に、自分の身の振り方に関して質問をしろ、と迫れば、ようやく絞り出したのが自分の側仕《そばづか》えの処遇だ。――自分のことではなく」

　ディーターの顔がみるみる曇っていく。

「自分のことは二の次だ。自分が寒さを感じても一言も声を漏らさず耐えて凍死寸前まで我慢する」

　シグルトが腕組みをする。

「今までほとんど外に出たことがなかったんだろう。外界への興味が、普通の人のそれではないと思う。一日中でも外を眺めていられるんじゃないかな」

「……そうか」

「イルドガルド様がレインは客人だ、とおっしゃってくださったのも信じていないようだった。いつも、何かを我慢しているような、苦しそうな顔をしている」

「……」

「だがようやく、少しずつではあるが変わってきた。竜人の国についても勉強したい、と思うくらいに慣れてきた。だから今はまだ、そっとしておいてやりたいんだ」

　ディーターが片手を前で振る。

「分かった、分かったよ。お前が会わせてもいいと思うまで、控えるよ。ジュリアナにもそう伝えておく」

「分かってくれたらいい」

「姫さんがそんなに可哀想《かわいそう》な境遇だっだなんて。そうだよな、お前には『あいつ』がいるのに、姫さんに惹《ひ》かれるわけないよな」

それにはシグルトは何も答えなかったが、ディーターはそそくさとソファから立ち上がった。

「でもこれだけは教えてくれ。サンダーギルたちが言ってたように、姫さんはかわいいのか？」

これはディーターなりの、詫《わ》びのつもりだった。空気を変えるための、ちょっとした軽い冗談まじりの質問で、シグルトがまともに答えるわけがないと彼は知っている。

だがシグルトは、そのラピスラズリの瞳を細めた。

「とてつもなく、かわいい」

「……は？」

予想外の爆弾発言にディーターは唖然《あぜん》とした。

「なんだ？」

「な、なんだじゃねーよ、真顔で何言ってるんだよ」

自分で聞いておいてなんだが、こういう風に返事をされるとは思っていなかった。

「かわいいものは、かわいいからかわいいと言っているだけだ」

再びディーターはぽかんとする。

「え、なんなのシグ、壊れたの……？」

だがシグルトはどこ吹く風だ。

「お前の質問に答えただけだが？」

「あ、もういいや。わかった。じゃ、会わせてもいいと思ったら招待してくれよ」

シグはきっと疲れているんだな、とディーターは首を傾げながら執務室を後にしたのだった。

☆

夏が来る前に、『祝福の日』を迎えた。

「休みたい日は全員で休むのが竜人の国の習わしだ」

などとうそぶき、シグルトは朝から自家製だというぶどう酒の入ったグラスを傾けている。レインにもすすめてくれたが、今まで一度もお酒の類《たぐい》を飲んだことがないからと断ってしまった。シグルトは残念そうにはしたが決して無理強《むりじ》いはしなかった。

せっかくの『祝福の日』だったのに、シグルトはどこにも出かけずに、とても機嫌よくレインと共に過ごした。シグルトはやはり鱗《うろこ》を見せつけることはないが、生成《きな》り色の半袖シャツとカーキ色のゆったりしたデザインのパンツを合わせ、リラックスした雰囲気だった。

（普段お忙しいから、こういう時はご自宅でお休みなさりたいのね）

と、レインは思った。

シグルトが招いてくれた家庭教師は、穏やかな物腰の女性で、名前をフェーデといった。見た目だけでいえば人の年齢で四十代前半といったところだろうか。亜麻《あま》色の髪を一つにまとめ、銀縁の眼鏡《めがね》をかけている。

竜人の女性らしくしっかりとした骨格の持ち主だが、着ているドレスは品が良く露出も少なかった。

「さて、お茶でもしましょうか」

今日の授業が一区切りつき、フェーデが微笑む。

レインの自室ではなく、図書室で二人は勉強している。必要な本があったらすぐに取れるので都合が良い。

「はい」

ガラルの国で教えてもらっていた家庭教師とは違い、フェーデは雑談することを好んだ。朗らかな人柄のフェーデと話すのは、レインにとっても心地よく今ではこの時間も楽しみのひとつだ。

「ああ、こうして飲む授業の後の一杯がたまらないわねえ」

マーシャが運んできたお茶を飲み、フェーデがしみじみと呟《つぶや》く。

シグルトも何度か言っていたが、竜人たちの出生率は決して高くない。長すぎるほど長い人生のなかで、とりわけ相性の良いつがいという伴侶《はんりょ》に出会える竜人の数は多くないらしい。つがいであれば身ごもりやすくなり、一人ではなく二人、三人と子宝に恵まれることも珍しくないという。

つがいは竜人同士だったら会った瞬間に分かるのよ、とフェーデは教えてくれた。もちろん、つがい以外でも伴侶になることはでき、また竜人の国は一夫一妻制だという。

フェーデにも長年の伴侶はいるが残念ながらつがいではなく、そのため子供はいない。もともと学校で優秀な成績を修め、王宮で事務官として働いていたフェーデだったが、卒業した学校から先生として教えてみないかと声がかかった。進路に迷い、相談したのが直属の上司であったシグルトだった。

シグルトに、フェーデは面倒見がよく、また情緒が安定しているから、未来ある子供を教えるのもいい選択ではないかと助言されたのだという。もしどうしても事務官として戻ってきたかったらいつでも受け入れると背中を押してもらい、勇気を出して新しい道へと飛び込んだ。

それが自分には天職だった、とフェーデは笑顔でレインに話した。

『教え子がたくさんいるから今はとても幸せなの。自分の血をわけた子だけが、自分の子供ではないわよね』

シグルトには恩を感じていて、今回この依頼を受けた時もすぐに承諾したのだという。そうしてフェーデは自分の仕事のない日に、教えにきてくれている。フェーデはとても良い先生なので、シグルトの見立ては間違いなく正しかったといえよう。

フェーデがお茶をもう一口飲むと、ふふ、と笑った。

「ガラルの国の制度と比べると、こちらは随分雑に感じたでしょう?」

今日の授業についてだ。

レインは小さく首を横に振る。

「いいえ、そんなことはないです。率直にすごく……革新的でいいな、と感じました」

「革新的だなんて素敵な風に言ってくれるのねえ」

今日はちょうど、竜人の国の政治について学んでいた。実は竜人の国は、信じられないほどの民主的なやり方で国の重鎮が決まる。なにしろ王ですら世襲制ではない。

王になるべき竜人は、王宮に勤める役人や議員たちからの推薦を受けた何人かの候補者の中から国民投票で選出される。イルドガルドが『運命から逃げられなくて』と言っていたのは、そうした背景があったのだ。

一度選ばれた王は、亡《な》くなるまでつとめることになる。

だが王の子供が、王を継ぐことはそんなわけで稀《まれ》だ。

王宮で働く文官になるためには試験があり、また事務官やその他の役職になるためには努力をする必要がある。なぜなら役職につくためにはより厳しい試験が存在するからだ。王政ではあるものの、専制政治にはならぬよう、議会もきちんと機能している。議員になるための試験も、一年に一回、竜人の国の住人であれば誰でも受けることができる。

要するに門戸は広く開けられているのだ。本人が望み、努力すれば、一代で宰相になることもある――シグルトのように。

もちろんそこには凄《すさ》まじい努力があったのだろう。また部下だったフェーデはそれをよく知っているのに違いなく、彼女からはシグルトを尊敬していることがよく伝わってきた。

「そういえば、もうすぐ夏がやってくるわね」

フェーデが言った。

「夏来の日というのがあって、その日に夏になるの。ちょうど……来週ね！」

「なつきの日、ですか？」

「ええ、休日ではないのだけれど。それでね、その夜になったらマルカンの山を見てご覧なさい。麓の方に、火をつけるのよ」

「火を？」

「ふふ、想像つかないでしょ。とにかく圧巻だから、ぜひご覧になって」

「分かりました」

熱の入った言葉に、レインは頷く。

「夏が来たら、ぶどう酒を仕込まなくては」

うきうきとした様子でフェーデが続ける。彼女も多くの竜人と同じく、お酒が好きなのだろう。

「フェーデさんもお造りになるのですね」

「当然よ！　我が家には大きな樽《たる》があるんだから」

「樽が？」

「ええ。木の樽だと長期保存はできないから、専用の樽があるのよ。シグルトさんも絶対に持っているはず」

フェーデによると、各家庭それぞれ造り方があるらしいが、そこまで複雑な工程ではないのだという。

「レインさんも楽しめると思うから、シグルトさんに言っておくわね。ぶどう酒造りも是非体験していただきたいわ」

レインは数回瞬きをしてから、ゆっくりと頷いた。

☆

夏来の日がやってきた。

その日は、朝の鐘の音がいつもの一回ではなく、二回連続鳴らされた。

「朝から二回も鳴るなんて、うるさかったろう？」

朝食の席で一緒になったシグルトがいたずらっぽく尋ねてくる。彼にそんな風な素振りを見せられても、レインは怯《おび》えなくなっていた。

「いいえ、夏が来たのだな、って思いました」

真面目《まじめ》な表情のままレインが答えると、シグルトが軽い笑い声をあげた。

「違いない。夏がやってきて喜んでいる竜人たちの喜びの声だからな――ああそうだ、フェーデに聞いたと思うが、今夜はマルカンの山に火が灯《とも》されるから、夕食は二階のバルコニーでとろう」

「ここから、見えるんですか？」

「うん、見えると思うよ。遠目にはなるけど、結構盛大に燃やすから分かるはずだ」

楽しみだな、と言い置いてシグルトは出かけていった。

フェーデの授業も予定になかったのもあって、なんとなく落ち着かず日がな一日ふわふわと過ごした。こんなことは今までない。

そして夕方になってシグルトが帰宅すると、彼女は待っていたとばかりに部屋を出て、彼を迎えに玄関ホールまで行く。これは毎度することではあるが、今日はいつにも増して足取りが軽かった。

「ただいま、レイン」

「おかえりなさい、シグルト様」

シグルトの視線が彼女の顔に留まり、そこに何を見たのか、彼はとても嬉しそうに微笑んだ。


「すごい……！」

レインは思わず呟いた。

夏は日が沈むのが遅く、まだ夕暮れである。しかし彼と共に、二階の応接間のバルコニーに出ると、すでにマルカンの山には火が灯された後だった。レインの部屋の窓からは角度的に見えないが、応接間のバルコニーからはばっちり望むことができる。

まるできらきらと光る星が瞬いているように見えるマルカンの山は、美しかった。バルコニーの手すりに掴まり、夢中になってマルカンの山を眺めるレインの隣にシグルトが立った。

「綺麗だろう？」

「はい、とても」

無表情のまま、だがレインは熱心に頷いた。

「君が気に入ってくれてよかった。なあ、どうしてこんな風に、夏が来るのを祝うか分かるかい？」

シグルトに尋ねられて、レインは彼を見上げる。シグルトはマルカンの山を眺めたままで、そのすっきりとした顎《あご》のラインを彼女は見つめた。

「竜人たちは生きる時間が長いだろう？　あまりにも長すぎて、時に飽き飽きするわけだ。だから、こうしてきちんと季節を祝うんだ。こうすることで、節目を感じることができるからな」

それは長命種である竜人たちだからこその哀《かな》しみがにじみ出ていた。

（美しいだけではない、そんな想いが隠されている……）

レインはもう一度マルカンの山に視線を戻した。

オレンジ色の光が揺らめき、輝いている。

竜人たちの想いを知れば、ますます美しく感じた。

（私、この景色を忘れたくないわ……）

レインは景色を目に焼きつけようと、見つめ続けていた。

「まぁ、なんだかんだいって酒を飲んで宴会をしたい、というのもあるんだけどな。明日になったら道端に竜人たちが転がっているぞ」

冗談めかしてシグルトがそう言ってから、お腹《なか》に手をあてる。

「腹が減ったから、さっさと晩飯にしよう」

「はい」

レインが頷くと、シグルトは彼女の頭にぽん、と手をのせた。

「……？」

「あ、悪い、嫌だったか……？　ガラルの国ではこうやって頭を触ることは不敬だったりするのか？」

彼がそう言って手をどけたが、レインは首を横に振る。

「いいえ、気になりません」

「そうか、よかった」

それを聞いたシグルトの手がもう一度彼女の頭に戻ってくる。まるで子供にするような仕草だが、彼の親しみのあらわれだから、内心レインは嬉しかった。

その夜、夏の訪れを祝うご馳走《ちそう》が並べられ、シグルトはもちろんレインもたくさん食べることができた。そしてそれから時々、シグルトはレインの頭を撫《な》でるようになったのだった。

☆

しばらくしたある日、ぶどう酒を造ることになった。

珍しく一日休みだというシグルトと共に、市場に出かけた。竜人の国ではぶどう酒を造る季節になると市場に材料となる果物が並ぶらしい。

「今日はどのお召し物になさいますか？」

マーシャに尋ねられたレインは、一瞬迷ったが濃いブルーのドレスを避け、モスグリーンのドレスを選んだ。胸元に白いブラウスのような襟がついている、ガラルの国ではあまり見ない気がするデザインだ。といってもレインがガラルの国のドレスの流行に詳しいわけではないのだが。

買ってもらったものの、まだ一度も濃いブルーのドレスには袖を通すことができていない。

（こんなことなら、あのドレスは買っていただくべきではなかったわ）

マーシャは今日もとてもお似合いです、と褒めてくれたが、レインはシグルトに申し訳ない気持ちになっていた。


シグルトと市場をゆっくり歩く。今日の彼は白い半袖シャツとダークグレーのパンツを合わせていて、カジュアルな印象を与える装いだ。シャツのボタンはやはり全部きっちりと留められている。

果物好きな竜人のこと、様々な果実が屋台に並んでいる。

例によってシグルトはいろんな竜人たちに声をかけられ、その都度彼は謝ってくれるが、レインは気になさらないでください、と言うばかりだ。

シグルトが贔屓《ひいき》にしているという店で、黒ぶどうを山ほど買い求めて大きな布袋に入れてもらった。かなりの量に見えるが、シグルトによるとなんだかんだですぐに飲んでしまうのだという。

「何か欲しいものはないか？」

と肩から布袋を背負ったシグルトに尋ねられたが、レインは首を横に振った。馬車に向かって歩いている途中、シグルトに柔らかい声がかかる。

「シグ？」

振り向くと、そこにはやはり扇情《せんじょう》的な——濃いブルーのドレスを着こなした竜人の女性が立っていた。見た目はシグルトと年齢はほぼ変わらず、二十代半ばに見える。綺麗にカールした金髪と、美しい藍《あい》色の瞳を持っている彼女は、シグルトを親しげに愛称で呼んだ。

「ブランシュじゃないか」

ブランシュがシグルトに向かって妖艶《ようえん》に微笑む。

「久し振りね、お元気だった？」

「ああ。ブランシュも変わらず元気そうだな」

彼はそう答えると、すぐにレインを見下ろした。シグルトが視線を外すと、ブランシュが一瞬顔をしかめた。

「レイン、彼女は俺の幼馴染のブランシュだ。ブランシュ、彼女はレインだ」

レインが挨拶をすると、ブランシュの視線がまるで刺さるように鋭くなった気がして、息を呑む。だがおそらくそれは気の所為《せい》だったのだろう、ブランシュの口元にはすぐに感じの良い笑みが浮かんだからだ。

「はじめまして、レインさん。ガラルの国からのお客人よね」

「はい」

ブランシュは、シグルトがかついでいる袋に目を留めると、大きな胸の谷間をまるでシグルトの目線に入れるかのように、ずい、と半歩近づいた。

「彼女、シグの屋敷に滞在しているって、ジュリアナから聞いたけど」

「そうだ」

あっさりシグルトが認めると、ブランシュの目が微かに見開かれた。

「本当だったの？」

「ああ。……あ、レイン、こちらに」

後ろから男性が走ってきたので、シグルトがあいている手でレインを引き寄せた。その様子を見たブランシュの瞳がますます見開かれる。

男性が持っていた袋が、その場に立ちつくしていたブランシュの肩をかすった。

「すみません！　お怪我《けが》はありませんか？」

「ないわよ！」

ぶつかった方の肩を手でさすりながらブランシュが男性に叫ぶように答える。

急いでいる様子の男性はもう一度謝罪をしてから、走り去った。

「なによ、あぶないわねぇ」

レインの腰に回されているシグルトの手を見たブランシュはそこで突然話題を変えた。

「ねえシグ、覚えてる？　昔は私に『祝福の布』をあげたいって言っていたわよね」

レインの胸がどきんと高鳴る。

（え……？）

「何の話だ」

シグルトが呆《あき》れたように口元を曲げた。

「あら、結構長い間言っていたと思うけど？」

「そんなことはない。大体君にはいつだって恋人がいたじゃないか」

「恋人がいなかったら、私に『祝福の布』をくれた？」

（昔、シグルト様は彼女のことが好きだったのかしら……？）

レインの胸がどうしてか疼《うず》くように痛む。

（この方は恋人ではなかったようだけど……ううん、シグルト様に恋人がいらっしゃらなかったはずはないわ）

「その仮定は成り立たない」

「でもほら、私ったら今でもこの色のドレスが似合うでしょう？　シグルトの瞳の色よ。こういうドレスを着ていると、喜んでくれたじゃない」

ずきん、とレインの胸がさらなる痛みを感じた。

（私が着ることのできない、シグルト様の瞳の色のドレスを……この方は本当に美しく着こなしていらっしゃるわ）

そして二人が並んでいる姿は、美男美女で誰が見てもお似合いだと思うだろう。

「だとしても、子供の頃だろう？　だったら俺は――」

シグルトがそう返すと同時に、背後からブランシュを呼ぶ男の声がした。

「あらまぁ、彼に呼ばれちゃったわ。ごめんなさい、もう行くわね――またね、シグ、レインさん」

からりと笑うと、ブランシュは踵《きびす》を返す。

最後に彼女はちらりとレインに視線を送り、口元に笑みを作った。

「まったく。相変わらず自由奔放だな」

やれやれと言わんばかりの口調だったが、嫌がっている様子は感じられなかった。そこでシグルトがレインを見下ろして驚いたように声をあげた。

「どうした？」

「……？」

レインが顔をあげると、シグルトはどこか少し焦っているような表情だった。

「何か不快だったろうか？　悪かった。君を置き去りにして会話をしてしまった。久々に幼馴染に会ったものだからつい……」

（不快……？）

いつものようにシグルトが謝罪してくれたが、レインは首を横に振る。

「いいえ」

「だが……」

「どうぞ私のことはお気になさらずに」

これは嘘ではない。

胸は鈍く痛み続けているが、レインは自分でもこの痛みの正体を分かっていなかった。

（……なんでこんなに胸が痛いんだろう……？）

戸惑い、内心首を傾げる。そして彼女はその痛みをそっと胸の奥にしまい込んだ。

馬車に乗る頃にはレインの胸の痛みはすっかり収まっていて、シグルトが話しかけてくることにも、いつもと変わらずに答えることができた。

「帰宅次第、ぶどう酒を造るというのでいいかな」

「はい、もちろんです」

「今日は下準備だけになる。といっても、その後は時々混ぜて発酵させるだけなんだがな」

「分かりました」

シグルトは屋敷の地下にぶどう酒のための部屋をもうけていて、そこにレインを案内してくれた。

直射日光が入らないようにするために、窓のない地下にある。シグルトは燭台《しょくだい》にある蝋燭《ろうそく》に火をつけると、買ってきた黒ぶどうを、床に置いてある大きな正方形の容器にざざっと入れた。それから濡《ぬ》れ布巾《ぶきん》でぶどうの表面をさっと拭いてみせる。

「こうやって汚れを取る。だがあんまりしっかり洗ってしまうと、良いぶどう酒ができないんだ」

見よう見まねでレインも作業を手伝う。

大量ではあるが、そこまで丁寧《ていねい》に拭くわけではないので直《じき》に終わった。そのあと、シグルトに大きな木のヘラを渡された。

「これはなんですか？」

「ぶどうを潰《つぶ》すんだよ」

「……ぶどうを？」

「ああ、そうだ。形を残す必要はないから思いきり潰してもらっていい。そうだな、嫌いな人間の顔を思い浮かべたらいいよ」

レインはぽかんとする。

「嫌いな、方の顔を……？」

「ああ、叩《たた》きのめしたらいい」

ますます唖然としたレインの顔を見て、シグルトが微笑む。

「なんなら、俺の顔でもいい。この朴念仁《ぼくねんじん》が！　で、どうだろう？」

レインは反射的に何度も首を横に振った。

「ありえません！　シグルト様の顔を思い浮かべるなんて……！」

普段の彼女らしからぬ勢いだったので、シグルトは一度口を閉じた。しばらくして口調を改めてから、彼が謝罪する。

「申し訳ない。優しい君をからかいすぎたな」

そこでレインははっと我に返った。

「いえ、私こそ申し訳ありません、空気が読めていませんね……。シグルト様が私のために言ってくださったのに……」

（私、どうしてこうなのだろう……笑えない、まともに会話もできない……なにも、できない）

今回に限った話ではなく、レインは会話の流れを取り違えてしまうことがある。些細《ささい》なことではあるし、誰かに指摘されたこともないのだが、自分ではすごく気になるのだ。だから必ず一瞬考えてから、返事をするようにしている。シグルトだけではなく、他の人にも同じように。

人と会話をしてきた経験が圧倒的に足りないから、と言ってしまえばそれで終わりだ。学んでいる最中なのだから、と昔を知るマーシャだったら励ましてくれるかもしれない。

（だけど……）

今日市場で出会ったブランシュだったら、こんな時どんな返答をするのだろう、という考えが脳裏をよぎった。彼女だったら明るく笑って、上手《じょうず》にシグルトをたしなめて――彼もまた笑顔になって――。

そこでシグルトが口を開く。

「レイン、気を悪くしないでもらいたいのだが、一つ忠告させてもらっても？」

レインがのろのろと視線をあげると、シグルトは真面目な表情で、彼女を見下ろしていた。

「は、い……」

レインは持っていたヘラの柄を握りしめる。

「君はずっと……苦労してきたのだろう――ガラルの国で」

その言葉を聞いて、彼女は思わず俯《うつむ》いてしまった。

自分の態度のせいで、敏《さと》いシグルトには丸わかりだろう。そもそもガラルの国の対応でも明らかではあったが。だがそれはそうだろう。誰が同盟国ではない国に人質を出すとなって、国にとって主要な人間を選ぶものか。

どんな目に遭うか分からない、いくら竜人の国がどれだけ文化的だろうと信じていたとしても、レインだって最初はそう覚悟していたのに。

（シグルト様たちがあまりにも優しくて――私は……）

うろうろと視線をさまよわせるレインに対し、シグルトはぐっと顎に力を入れると、言葉を続ける。

「それがどんな生活だったか俺には正確なところは分からない。だがこれだけは言える。君の置かれていた環境は、君のせいではない。君が望んでそうなったわけでもない。全ては周りがしたことだ。だがもしかしたら君は周囲に責任を負わせるのをよしとしないかもしれないが」

「――！」

「君は今、やっと外に逃げ出すことができた。そして自分で考え、自分で感じるようになった。最初はうまくいかないことも多いだろう。だが、それで構わない。君は君のままでいい。大事なのは自分の足で歩き続けること、自分の目を疑わないことだ。自分を――自分を信じてあげることだ」

（私が、私を信じてあげること……）

レインは唇を震わせた。

（この方は、いつも……いつも私の欲しい言葉をくれる）

「レイン」

再びシグルトが彼女の名前を呼ぶ。

「嫌な時は嫌と言っていい。もちろん、時と場合によっては難しいこともあるだろう、言い方だって考える必要もあるかもしれない。だが、俺に対しては素直に感情を見せてくれていい――しょうもないからかい方をしやがって、失礼な、と怒ってくれていいんだよ。俺は絶対に君のことを嫌ったりしないと約束しよう」

レインは胸がいっぱいで何も答えられなかった。シグルトがぽん、と彼女の頭に手を置いた。

「出過ぎたことを言ったな。……俺を許してくれるか？」

許さないわけなんてない。

（だってずっとシグルト様は私のためにしてくださっていることばかりだもの）

こくり、とレインは頷く。

そこでシグルトは明らかに口調を変えた。

「よし、ぶどうを潰そう。ここはやっぱりえらそうに説教してきた俺の顔を思い浮かべた方がいいんじゃないか？」

（……もう――！）

ぴくり、とレインの唇が動く。それは笑みの形にはならなかったが――けれどレインは何か重苦しいものから解放されたような気持ちになっていた。

「それは、しません――絶対に」

囁くように答えると、シグルトが微笑む。

「いいね、その意気だ」

それから二人はぶどうを潰し――あまり体力のないレインの何倍もシグルトが働いて――専用の大きな樽にうつして、その日の作業は終了した。それからしばらくして二人で仕込んだぶどう酒の容器が地下室に並んだのだった。

竜人の国の夏は、陽《ひ》が長く、雨が降る日も少ない。湿度はそこまで高くないが、それでも日中はうだるような暑さになる。

「やっぱり外で過ごさなきゃね。竜になって湖で泳ぐのも格別」

今日も授業の後にお茶を飲みながら、フェーデが教えてくれた。

「そうそう、夏の間だけなんだけれど、中央公園で歌劇を催しているの」

フェーデによると夏の一番人気のイベントらしい。彼女に勧められた翌週にはシグルトが連れていってくれた。

日中は観劇に向かない暑さのため、さすがに夕方からの開演だ。

大きな舞台が組まれ、どの席からも見られるように小さなテーブルと椅子が多数並べられている。そこで観劇しながら食事をすることもでき、仕事帰りに手ぶらで寄れるのも人気の秘密らしい。

「フェーデが絶対にレインさんを連れていってあげてくださいい、って言う意味が分かるな」

自身は子供の時以来だというシグルトも歌劇を熱心に見つめている。舞台の上で竜人の俳優たちはやはり鱗を見せびらかし、それは夏の光を反射してきらきらと美しく光っていた。

（そういえば、シグルト様は絶対に鱗をお見せにならないわね）

目の前に座っているシグルトは、白い半袖のシャツに生成り色のパンツを合わせている。ほかの竜人たちに比べるとシグルトはいつもおとなしい色遣いの服を好む。そして今日も胸元は隠されていて、そうしているのはシグルト以外いないように見受けられた。だがすぐにレインは舞台に意識を奪われ、繰り広げられる歌劇を心ゆくまで楽しんだ。

夏になると果物も野菜も瑞々《みずみず》しさを増し、更に美味しく感じられるようになった。出かける度に歩き、夜になるとほどほどに疲れているから良質の睡眠を取れる。体力も筋力も少しずつではあるが、ついてきている。

朝、レインの髪をブラッシングしながらマーシャが嬉しそうに口を開いた。

「ますます髪が艶《つや》やかになってきましたね、レイン様」

「本当に？」

「はい、とってもお綺麗ですよ」

間違いなく、健康的な生活のお陰だろう。

ワイン造りの日に、シグルトに忠告された言葉をレインは今でもずっと胸にとどめている。彼が指摘してくれたことで、改めて今までの自分の環境が、普通ではなかったこと、それによる自分への影響を知った。

自分の思考回路ですら、支配されていたことも。

『俺は決して君を嫌ったりしない』

ともすればすぐに自信がなくなるレインにとって、シグルトはそう明言することの重要性をよく理解していたのだろう。君を嫌わない、という言葉は今やレインにとってお守りのようになっている。

レインの口数は少しずつ増えてきた。考え考え話すのは変わらないが、特にシグルトの前では楽に発言することができる。彼は彼女を導いてくれる先生でもあった。

そうしてまたたく間に夏が過ぎていった。

四章　『俺にできるなら、その哀しみを全て取り去ってやりたい』

「はじめまして！」

シグルトの幼馴染《おさななじみ》だというディーターとジュリアナがお茶をするためにシグルトの屋敷を訪れたのは、秋の気配がしてからしばらくのことだった。玄関ホールでシグルトと共に出迎えると、ディーターがびっくりしたかのようにシグルトをまじまじと見つめた。

「え、シグもいるの？　仕事は？」

「休みにした」

「マジで？　シグに仕事を休みにするっていう選択肢があるの？」

可愛《かわい》らしい顔立ちのディーターだがやはり鱗《うろこ》を見せびらかすように胸元を開けた緑色のシャツを着ている。ジュリアナもそれはそれは扇情《せんじょう》的な赤いドレスを着ているが、大人《おとな》っぽい顔立ちも相まってよく似合っている。対してシグルトは今日もまたきっちりとボタンを全部留めた長袖の白いシャツにベージュのカーディガンを着込んでいた。

兄妹は明らかにシグルトよりかなり若く見え、二人とも人の年齢でいえば二十代に入ったかどうかくらいに感じる。

「何をそんなに驚くことが？」

「え、いや、別にいいけど、仕事人間のシグが珍しいなって思っただけだよ」

「レインさん、かわいい――！」

だがそこでレインを見つめていたジュリアナが叫ぶと。

「本当だ、かわいいな――！」

ディーターも叫ぶ。

レインはびくっと小さく身体《からだ》を震わせた。

二人の容姿はあまり似ていなかった。赤毛のディーターと藍色の髪を持つジュリアナはしかし話し出すと息がぴったりで、やはり兄妹なのだと感じさせられた。

（ええと、どうやってお返事をしたらいいのかしら……）

とりあえずレインはその場でカーテシーをする。

「はじめまして、ディーター様、ジュリアナ様」

「やっぱ、本当にかわいい――！」

（何が……？　身長が低いからかしら……？）

二人とも竜人らしく身長が高い。ディーターに至ってはまるでそびえ立つように感じるくらいだ。

しかし、あまりにも可愛いと言われて、レインは内心戸惑いの嵐だった。

そこでしびれを切らしたようにシグルトが口を挟む。

「もう、いいか。レインが困っている――レイン、こちらへ」

シグルトがレインの腰に手をあてて、引き寄せる。

「は、はい」

「この二人にまともに構っていては、いつまで経《た》っても話が進まない。もう客間へ行こう」

シグルトはレインをエスコートしながらさっさと応接間に向けて歩き出した。


ディーターとジュリアナとのお茶は楽しい時間となった。生まれ育った家が隣同士という縁で幼馴染である兄妹はシグルトのことをまったく特別視しておらず、遠慮なくからかった。

「どうしてシグがレインさんの隣に座るんだよ！」

「レイン、うるさくて申し訳ない」

シグルトがそう言ってレインに詫《わ》びれば、非難の声があがる。

「そんなこと言うなんて幼馴染の風上にもおけないぞ！」

シグルトは眉間《みけん》に皺《しわ》を寄せ、目の前のテーブルからいくつかの焼き菓子を小皿にとってレインに渡した。

「この菓子うまいぞ。食べてみろ」

シグルトの甲斐甲斐《かいがい》しい様子に、ディーターが再び叫んだ。

「そんな優しいシグ見たことないっ！」

一事が万事この調子で、シグルトの眉間の皺はどんどん深くなってしまうのだ。だがディーターとジュリアナは終始笑顔で、シグルトも本当に気分を害しているようには見受けられなかった。きっと彼らにとっては、普段のやりとりなのだろう。

（幼馴染、っていいな）

幼馴染といえば、この前市場で出会ったブランシュもそうだったと、レインが思ったと同時に、ディーターが呟《つぶや》く。

「ブランシュも誘えばよかったかな？」

レインがはっとして彼を見ると、ディーターは邪気のない笑みを浮かべていた。

「ちょっと、ディーター……！　ブランシュは関係ないでしょ？」

それを慌てたように止めたのはジュリアナだ。

ジュリアナはつい最近、運命に導かれるようにつがいに巡り合ったという、明るい性格の、はきはきと話す女性だった。すぐにレインは彼女に好感をいだいた。

聞けばディーターとジュリアナの両親も、つがい同士なので子宝に恵まれやすく、だから二人兄妹なのだという。それは確かにフェーデから習った通りで、レインは密《ひそ》かに納得していた。

「だって俺《おれ》たち仲が良かったじゃん。せっかくだし全員揃《そろ》った方が楽しい気がする――、あ、ちょっと年上なんだけど、ブランシュという幼馴染もいるんだよね」

ディーターの説明にレインは頷《うなず》いた。

ブランシュのことを思うと、どうしてか今日も胸がちり、と痛む。

「一時期はシグとブランシュがパートナーになるかと思ってたのにな！」

そう言いながら、ディーターが焼き菓子を口に放りこむ。

（やはりとても仲がよろしかったんだわ）

先日の市場で遭遇した時の様子を思い返し、レインは重々しい気持ちになった。

「お兄ちゃん、もうやめてよ」

ジュリアナが兄の脇腹をつつく。

「んだよ？　お前もそう思ってなかったか？　あれだけ仲が良かったんだから——」

「だとしても今ここで言うことじゃないでしょ！　どうしてお兄ちゃんってそんなにデリカシーがないの！」

「ええええ、どうしてだよ？」

このままだと兄妹喧嘩《げんか》が始まりかねない。

レインは内心おろおろしながら、困り果ててシグルトに視線を送った——その時。

「おい」

シグルトが唸《うな》るような低い声を発し、びくう、とディーターが身体を震わせた。

「ブランシュが幼馴染の枠を出たことは一度もない。そもそも彼女には恋人がいるだろう？」

（……！）

シグルトのその言葉を聞いて、レインの心に巣食っていた重苦しい何かがあっという間に晴れていく。

「そ、それはそうだけど。でもシグ、いつも否定しないじゃん。だから許されぬ恋をしてるのかなって」

「俺がか？　ありえない。否定しないのは、否定するまでもないからだ」

シグルトの声が一段と低くなる。

「ディーター、俺は言ったよな……？　どうして俺が時機が来るまでお前を呼びたくないのか言ったよな、言葉にしてはっきりと」

淡々と吐かれたそれは、決して大声ではなかったのに、かなり威力があった。

しゅんとしたディーターがその場でうなだれ、彼はそのままレインに向かって頭を下げた。

「そうだった。どうして俺ってこうなんだろう。今のは完璧に俺が悪かったです。申し訳ない。謝罪します」

彼はどうやらとても素直な質《たち》のようだ。

「あ……あ……その……」

慌てたレインが姿勢を正そうとすると、ドレスの下でネックレスが揺れた。

そこで現実を思い出し、レインは口を閉ざす。

最近は意識して考えないようにしているが、彼女にとってこのネックレスは重しに他《ほか》ならない。また自分の立場を忘れるな、と常に伝えてくる存在でもある。

みるみる青ざめていくレインを見たシグルトがディーターに言う。

「ほら、見てみろ。レインが困っているじゃないか」

「本当にごめんなさい。シグが呼んでいない客を、ただ楽しいかなって思ったっていう理由で話題に出すのはめちゃくちゃ失礼だった。しかもレインさんが知らない相手だというのに」

レインは、首を横に振った。

「いいえ、とんでもないです。大丈夫、だいじょうぶ、ですから……」

レインの声は力なく、消えていった。

一度だけぎゅっと目をつむったが、レインは振り切るように目を開ける。

「私こそ、こういう場に慣れなくて上手《じょうず》に対応できなくてすみません。でも今学んでいるところなので、大目に見てくださると嬉《うれ》しいです。お二人のお話を伺うのはとても楽しいので、どうぞ続けてください」

そう言うと、ディーターの顔にぱっと笑みが浮かび、ジュリアナも隣で安堵《あんど》した様子だった。

「無礼をしちゃってごめんね。でもそう言ってくれてありがとう――じゃあ、シグのしょうもない失敗の話ならしてもいい？　子供の頃《ころ》なんだけど」

屈託ないディーターの言葉に、レインはぽかんとする。

「シグルト様が失敗なんてなさるのですか？」

「当たり前だよ！　彼は勉強とか仕事はできるけど、日常生活に関しては落第生だったんだからね。朝早起きできないし、部屋は片付けられないし。大人になってちょっとましになったけどさ」

「……!?　信じません」

「わはは、レインさんが驚くような話を俺はいっぱい持っている！」

すっかり調子の戻ったディーターは得意満面で話し始めた。耳を傾けているレインの背中にシグルトの手がそっと触れた。

◆

「なんだと……!?」

同時刻のガラルの国にて。

王が椅子《いす》の肘掛《ひじか》けを苛立《いらだ》たしげに拳《こぶし》で叩《たた》く。

今日は緊急で閣議が開かれていて、テーブルについた臣下たちが、蒼白《そうはく》な顔で報告を続けていた。

「……秋になっても天候が優れないため、各地で川の氾濫《はんらん》が続いています。このままですと手に負えない状況になりつつあると思われます……」

一人の臣下がそう告げると、また別の臣下が続ける。

「雨が続きすぎたせいで、畑に影響が出ており、今年はほとんどまともな作物の収穫が見込めず……。これが続くようですと、備蓄されている食糧には限界があるので、飢饉《ききん》になる可能性も……」

ドン、ドン、と王が椅子の肘掛けを殴る音ばかりが響いた。

「どうしてこんなことになっている……!　宰相、お前ならなにか良い案があるだろう!?　魔術師はどうしている!?」

この国随一の秀才と呼ばれた宰相であっても、うなだれるばかりだ。

「魔術師もお手上げだと……申していました。こんなことは未《いま》だかつてなかったと。天気だけはガラルの神のご意思だと……」

ガラルの神のご意思、と宰相が言葉にした瞬間、王の身体がびくんと大きく傾《かし》いだ。

「そんな言い訳は耳にしたくないっ！」

何かを振り切るように、王が叫ぶ。

「力及ばず申し訳ありません。ですが現状では我らにはどうしようもありません。春から秋まで、こんなに継続的に雨が降り続けることは前代未聞のことでして、対策を練りたくても前例がなく……」

「――！」

「……来年の春まで同じ状況が続くとなれば、他国に食糧援助を乞う必要があることも念頭に置かねばなりません」

「今までそんなことはなかったのに、何故《なぜ》だ!?」

宰相は両手をぐっと握りしめ、隣で同じく蒼白な顔色の大神父に視線を送ってからおそるおそるといった風に口を開く。

「恐れながら……此度《こたび》のことは……あの方が我が国を去られ、竜人の国に行かれてから始まりました……もしかしたらガラルの神のご意思かとも……現実的ではないかもしれませんがそうでないとこのような事態の説明がつかないかと……」

宰相が最後まで続けることはできなかった。

王がバァンと大きな音をたてて椅子の肘掛けを叩き、それから叫びながら立ち上がったからだ。

「一国の宰相ともあろう者が先ほどから何を言っている！　憶測にすぎない不確かな情報で発言するな！　それとも大神父、まさかガラルの神のお告げでもあったというのか!?」

あまりの剣幕に大神父はますます青ざめ、突然激高した王を前にして、頭を低く下げる。

「王がお望みでしたら、いますぐ聖堂で神の御心を伺います」

そこで唐突に王の怒りが収まり、すっと表情が消え失せた。

「その必要はない。もういい、お前たち、去れ。とりあえず被害を最小限に抑えるようになんとかしろ」

すっかり委縮した臣下たちが去り、王が部屋に取り残される。彼は再び、力なく玉座に座り込むと綺麗《きれい》にセットされた髪が乱れるのも構わず、両手でぐしゃぐしゃにする。

「他国に……だと……？　一体、どこに……？　これを間違えると、ガラルの国は一気に立場が悪くなる……同盟国の状況をもう一度くまなく調べ直して、考えなくては……」

一番の候補は王妃の出身地である隣国だろうが、隣国であれば同じように雨が降り続いている可能性がある。まずは使者を送らねば、そこまで考えた王は、はっとしたかのように呟いた。

「竜人の国は野蛮だが、獣たちらしく自給自足をしていると聞いたことがある。最後の手段は――」

王がドン、と力任せに肘掛けを殴りつけた。

☆

それからディーターたちは、時々レインを訪ねてくるようになった。

「お前たち、来すぎじゃないか？」

夕食の折り、当たり前のように二人も席についているのを見て、シグルトが唸る。今日も午後にディーターとジュリアナがお茶をしにきてくれたのだが、なんだかんだとこの時間になってしまったのだ。

何しろこの二人は息もぴったりな兄妹で、レインが相槌《あいづち》を打つだけで会話が進んでいく。初日こそディーターは失言をしてしまったが、さすがシグルトが懇意にしているだけあって、あれからは一切口を滑らすことはない。

それにディーターは王宮で文官として働いているので、レインがガラルの国からの『人質』としてやってきていることを知っているはずだが彼はそんなことをおくびにも出さない。ディーターもあくまでも客人としてレインを扱い、竜人の国について教えてくれる先生になってくれたのだ。

こうして二人が頻繁に訪ねてくるようになると、さすがに毎回シグルトが同席するわけにはいかなくなった。彼はしぶしぶフェーデの訪れのない日で、ジュリアナがいるならばいい、と認めた。

ディーターが教えてくれたところによると、シグルトも最初は彼と同じ文官として働き始めた。もともとあまり大柄ではないシグルトは、サンダーギルたちのような騎士になりたいとは思っていなかったという。

計算が得意だったシグルトは、財務を管理する部署に配属されるや否や、みるみる頭角を現したらしい。身を粉《こ》にして働く真面目《まじめ》さはもちろん、仕事も早いだけではなく正確で、また部署内での人間関係もすこぶる良く、人心掌握術にも優れていた。それは部下であったフェーデがあれだけシグルトに恩義を感じていたことからも分かる。

『皆がシグルトの下で働きたい、それに他の部署にいる奴《やつ》らもシグルトと共に仕事をしたい、となって……まあ最終的に彼が宰相になったんだ』

竜人の国はガラルの国よりよっぽど風通しがよく、民主的だとレインは感じる。

『シグルトに足りないのは、色気だけなんだよなぁ』

それまで熱心にシグルトを讃《たた》えていたディーターがそんな風に呟いた。

『あれだけ朝から晩まで仕事していたら、恋愛なんてできないわよ』

『でもお前もさ、前は俺と同じようなこと言ってたじゃん？　シグルトに伴侶《はんりょ》がいないのは心配だって』

ディーターが妹につめよると、ジュリアナは曖昧《あいまい》に頷く。彼女はちらりとレインに視線を走らせてから、兄に答える。

『確かに前はね――でも今はいいのかなって思うようになってきた』

『はぁぁぁ、なんで!?』

そこでジュリアナが含み笑いをする。

『お兄ちゃん、だからモテないのよ』

『はぁぁ!?　残念ながらモテますけど何か!?』

『すぐフラれるくせに』

『ぐっ……お前、自分はつがいに出会ったからって偉そうにしすぎだぞ。大体な――』

それから二人はしばらく口喧嘩を繰り広げた。

兄弟姉妹というものにも縁のないレインは、遠慮ないやり取りをしながらも、根底に信頼関係がある二人のことを羨《うらや》ましく思いながら、お茶を口に運んでいた。

先日のことをレインが思い出していると、シグルトがディーターに尋ねた。

「ディーターはまた休みだったのか」

「そうなんだよねー。シグも知っていると思うけど、今、俺の部署閑散期でさー。てか大体シグはもう少し仕事をみんなに振り分けないといけないと思うけどな」

「分かっている」

「マジで言ってる？　お前の仕事への情熱ってかなり激しいぞ」

シグルトと同じくらい大食漢であるディーターは、濃厚な果物のソースがかかった蒸した白身魚を勢いよく食べながら、つっこみを入れる。

「本当に分かっている。忙しすぎるとレインと過ごす時間が少なくなると考えていたところだ」

「はぁ!?」

ディーターが食べていた魚を飲み込んでしまい、ひどく咳《せ》き込み始めた。慌てて隣の席のジュリアナが水の入ったグラスを兄に渡している。しばらくしてようやく発作の収まったディーターが、唖然《あぜん》として幼馴染を見た。

「お前、真面目に言ってるのか？」

シグルトは何も答えずに、右眉《まゆ》をあげただけだった。

「へ、へえ、そうなのか……へえ……？」

何度も首を傾げるディーターに対し、隣のジュリアナはどこか嬉しそうな表情だった。食事を再開した兄に代わり、彼女が口を開く。

「ねえ、シグ、一つ聞いてもいい？」

「なんだ？」

「今年は『祝福の布』は染めるの？」

それまで黙って会話を聞いていたレインは、話の流れについていけずに戸惑っていた。だがシグルトはその質問は予期していたらしく、落ち着き払って答える。

「ああ。レインと染める」

「……え？」

突然名前を出されたレインは心底驚き、思わず呟いてしまった。ジュリアナは満面の笑みを浮かべて、頷いている。

「そうなのね、いいじゃないの！」

そこでシグルトがレインに目を向けた。

「せっかくの竜人の国の習わしだから、体験してみたくないか？」

「ね、レイン、体験したいわよね!?」

「――あ、染めて、みたいです」

その場の勢いに押されて頷くと、シグルトは満足そうな表情になった。

（あくまでも竜人の国の思い出のために、言ってくださったのかな？）

レインはそう納得することにしたのだった。


シグルトが次の休みを取れた日に、『祝福の布』を染めることになった。

「最後に川に行って、余分な染料を流すのだが……川の中に入るのは君には酷だと思う。だから俺が作業するのを見守っていてくれ」

シグルトによれば、冷たい水だからこそよく染まる、というわけではないのだという。だが竜人の国の冬は長くて寒い。その冬を乗り越えるため、あえてこの時期に『祝福の布』を染めることで、来たるべき春への希望をもたせるのが先人の狙《ねら》いだろう、と彼はレインに言った。

「俺は今まで染めたことがないから、あまり手際がよくないはずだが」

シグルトがそう言うので、レインは驚いた。

「一度もないのですか？」

「ない」

意外すぎる答えだった。

だがシグルトがレインに嘘《うそ》をつく必要はないのだから、これは真実だろう。

ブランシュによればシグルトは一度は彼女に贈ろうとしていたみたいだったが。

（ブランシュさんにあげたくてもずっと恋人がいたっておっしゃっていたから、差し上げる機会がなかったのかしら）

「なあレイン」

「――はい？」

「君は青が好きだよな？」

シグルトが青の染料を手に取っている。これは植物由来の染料で、竜人たちに特に好まれる匂いなのだという。また川に流しても、生態系を脅かすものではないのだとか。

「濃い青と薄い青、どちらがいい？」

レインは一瞬返答につまった。

以前だったら迷いなく、空のような薄い青だと答えていただろう。

空は彼女の唯一の友達だったから。

だが今は――。

彼女はラピスラズリのように輝く瞳《ひとみ》を見つめて、口を開いた。

「濃い青、がいいです」

(ガラルの国に戻っても、シグルト様を思い出せる色がいい)

彼の瞳を見つめながらそう答えると、シグルトの頬《ほお》にさっと赤みが差す。

「本当に？」

「本当に、です」

シグルトの口元に笑みが浮かんだ。

「あいわかった。では濃い青にする――俺の瞳のような色、でいいんだな？」

「はい」

言い換えられて質問されても、レインは逃げずにしっかりと頷いた。シグルトの頬がますます朱に染まった気がした。

それから彼女は、シグルトがぎこちない手つきで染料を桶《おけ》にあけ、真っ白の布を浸すのを見守っていた。作業自体は簡単だったが、布はみるみる染まっていき、まるで魔法のようでレインはすぐに夢中になる。

（すごい、こんなにすぐに色が浸透するなんて……）

「よし、しばらくした後に川に行って染料を流してみよう。もし一回でうまく染まっていなかったら、何度か繰り返したらいいだろう」

シグルトの言っているのは、この家からほど近い川のことだ。

「ああ、レインには冬用のジャケットがないな。しまったな。馬車を準備するか」

「そんな、私は、大丈夫――」

シグルトに軽く睨《にら》まれて、レインは言葉を呑《の》み込む。

「この国に向かう途中で何があったか忘れたとは言わせない」

「……はい……。でも、私、ご迷惑でなければ歩きたいです」

レインが控えめに主張すると、シグルトが悩んだ末、折れた。

「うーん……ではせめて俺のジャケットを着てくれ。本当はブーツがあればいいのだが……さすがに靴はサイズが合わなすぎるだろう」

「ありがとうございます、ジャケットだけお借りします」

「今日のところはな。でも次の休みに君の冬装備を買いに行こう」

シグルトが約束した。


確かに外はかなりの寒さだった。

だがシグルトが貸してくれたダークオリーブ色のジャケットはとても暖かく、また彼らしい柑橘類《かんきつ》の香りがした。腕を三回ほどまくると、ようやくレインにピッタリのサイズになる。シグルトも黒のセーターによく合うダークグレーのジャケットを着込み、二人で並んで歩いて川に向かう。

シグルトが桶を持っているのに気づいた通りすがりの竜人たちは一斉に驚いた顔をしている。

「え、シグルト様、もしかして『祝福の布』を染められるので……？」

「ああ」

勇気ある竜人に聞かれる度に、シグルトは自信満々に頷く。答えを聞いた竜人たちは、何故かますます呆気《あっけ》にとられた顔をしていた。

偶然にも河原には誰の姿もなかった。

川のせせらぎが耳に優しい。

ゆったりした流れの川にシグルトは裸足《はだし》になって入り、桶から出した布をじゃぶじゃぶと威勢よく洗った。

（ああ、なんて美しい……）

最初は透明だった川の水に徐々に濃い青の色が混じり始め、その様子をレインは熱心に見つめた。

シグルトの姿と共に、レインの脳裏に焼きつけられる。

(この光景も永遠に忘れないでいたい)

やがてどれだけ洗っても色が出なくなり、シグルトが川から上がってきた。

「一回でよく染まるものだな」

布を絞ったシグルトが、レインを見て眉間に皺を寄せた。

「おい、唇が青くなりかけているぞ。寒かったんじゃないのか?」

「——え?」

まるで夢から覚めたかのように、レインが瞬きした。

そして自分の身体が小さく震えていることにようやく気づく。

「本当ですね、寒かったみたいです」

「寒かったみたいです……?」

訝《いぶか》しげにシグルトが聞き返した。

「はい。あまりにも綺麗だったから、見惚《みと》れてしまってそんなこと感じませんでした」

レインの答えに、シグルトが毒気を抜かれたような表情になった。

「そうか……。レインが楽しかったならよかったんだが……」

彼は片手に布が入った桶を持ち、もう片方の手でレインを抱き寄せた。

「——わっ」

「このまま帰る。風邪《かぜ》をひいたら事だぞ」

外でシグルトがこうやってレインに近づくことは滅多にない。彼の手から伝わってくる熱は温かく、二人で寄り添っていれば確かに寒さを寄せつけない。

「分かりました」

☆

シグルトの懸念は的中し、それからほどなくしてレインは体調を崩した。

高熱が出て寝込んだレインにシグルトが謝罪する。

「申し訳ない。俺が不用意に連れ出したからだな。先に君の冬装備を整えてからにするべきだった」

ベッドの脇に立っている彼は珍しく落ち込んでいる様子だった。

「いえ、シグルト様のせいでは決してないです。私が外を歩きたいと自分で申し上げました」

「だが……」

「ううん、いいのです。それに私、あの日『祝福の布』を染めることができて本当に良かったと思っています」

はっきりと答えると、シグルトの口元が少しだけ緩められる。

「そうか」

「はい」

「ゆっくり休んで。今日はどうしても顔を出さなくてはならない閣議があるから行ってくるが、それが終わり次第戻ってくる」

「いえ、でも、それは――」

「戻ってくる」

彼ははっきりとそう言い置くと、後をマーシャに託して出かけていった。


深夜、悪夢にうなされていたレインは小さな物音で目が覚めた。

「……レイン？」

すぐに優しい声がかけられ、彼女は目の焦点を合わせようと瞬きを繰り返した。

「シ、グルト、様……？」

「ああ、俺だ」

椅子が軋《きし》む音が聞こえ、シグルトが立ち上がる気配がする。

（もう夜……真夜中、かしら……）

あの後は熱が上がってしまい、日中はほとんど寝て過ごした。お昼すぎにシグルトが戻ってきた際、部屋に顔を出してくれた彼と挨拶を交わした記憶はあるがそれからはもうほとんどおぼろげだ。ずっとマーシャがついていてくれた気がするのだが、いつの間にシグルトに代わっていたのだろう。

シグルトが部屋の燭台《しょくだい》に火をつけてくれる。

眠ったお陰でかなり恢復《かいふく》したらしく、身体をゆっくり起こしてみたが問題なかった。

「マーシャには隣の部屋で休んでもらっている――扉は開けてあるから安心して」

シグルトはじっと彼女の顔を眺めると、ほっとしたように息を吐く。

「随分と顔色がよくなっている」

河原で彼が危惧していた通りになってしまい、レインは申し訳なく思った。

「ごめんなさい。あの日、シグルト様は心配してくださっていたのに、私が我儘《わがまま》を言ったばかりに
……」

シグルトは何のことかすぐに理解したようで首を横に振る。

「レインは何も悪くないから謝らないで。俺が考えなしだった。イルドガルド様に、気が利かないと叱られるだけでは足りないな」

そう言いながらシグルトはコップに水をついで、レインに渡してくれた。喉《のど》が渇いていた彼女はありがたくそれを受け取って、口をつける。

シグルトはベッドの横に置いてある椅子に再び座り、彼女の様子を見守っている。

（おいしい……）

一息つくと、レインは雨音に気づいた。

（ああ、雨が……それで……）

もともと、雨が降る夜は悪夢を見ることが多かった。熱を出していた今日ならなおさらだ。どんな悪夢だったかはあまり鮮明に覚えていないが、ガラルの国の王宮での出来事だった気がする。

（ガラルの国……私の、国……）

私の国、と胸の内で呟いても、あまりしっくりこない。

（ガラルの国のことを私はよく知らない。知っているというのならこの国の方がよほど――）

「もう少し飲むか？」

空になったコップを見つめているレインに、シグルトが声をかける。

「いいえ、これでもう十分です」

「そうか」

静かな相槌が胸に響く。

（シグルト様はいつだって私のことを……尊重してくださる）

今だけの話ではない。

彼は急《せ》かしたりしない。決めつけたりもしない。

レインの好きなようにしたらいいと見守ってくれている。

今まで『見えない』存在として、ガラルの国の役に立つことだけが価値だと言われ続けていたレインにとって、それがどれだけの救いになっていることか。

（シグルト様に――『私』を分かって、ほしい……）

少しだけ、彼に話してもいいだろうか。

本当に、少しだけ。

自分を織りなしている、この想いを。

そんな衝動に駆られたレインは、ぽつりと呟いた。

「雨が、降っていますね」

「そうだな」

シグルトは空のコップを受け取りながら頷く。

「私、雨が好きじゃないのです」

するりと言葉が出た。

「そうなのか」

シグルトが淡々と相槌を打つ。

「何か理由があるのだろう？」

「理由……？」

「だって雨は君の名前の由来だろう？　よかったら、理由を聞かせてくれないか」

レインの鼓動がとくんと鳴る。

（ああ、やはりシグルト様らしい――）

レインは無意識に手首に巻いている紐を探り、それから雨の音を聞きながら、囁いた。

「……私、雨の日に生まれたのです」

「雨の日に？」

「はい、だからレインと名前がつけられました」

レインがシグルトを見やると、彼のラピスラズリの瞳はいつものように彼女を包み込んでくれているようだった。

「雨の日に生まれたらレイン、晴れの日に生まれたらサニー、曇の日に生まれたらクラウディでいいのではないかと……だから私はレインになりました」

『お前なんかに誰がまともに名づけるものか』

ガラルの王の嘲《あざけ》りに満ちた言葉を聞いたのが昨日のことのようだ。彼女はその幻影を振り切るかのように、彼に尋ねる。

「シグルト様、私の出自について、もうご存知ですよね？」

「……君が、王の庶子だということは知っている」

一拍置いてシグルトが認めた。

もちろん、シグルトほど優秀な人ならば調べているだろう。レインはそのことに何の疑問も持っていなかった。そもそもガラルの王もシグルトに『レインは自身の直系の子供ではない』と認めていたくらいだ。

（シグルト様は他にも色々とご存知なのに違いない）

ガラルの国で彼女が『見えない』存在であったこと、邪魔者扱いされていたことを今はもう知っているはずだ。けれど彼はそのことをおくびにも出さず、レインをただただ大切にしてくれた。レインを大切にしても、ガラルの国との関係で何も益になることがないにもかかわらず。

「はい。私の母は王宮で働く下働きだったそうです。産まれてすぐに母から離されたのだと聞いています。それで誰も名付け親になる者がおらず、当時のメイド長が嫌々決めたのだと言われました」

「なんてことをするんだ、彼らは」

シグルトが呟く。

レインはゆっくりと紐を探りながら、続けた。

「ただガラルの国では名前はそこまで重要視されるものではありません。単に親戚や親兄弟の名前をそのままもらうこともよくあります。だから気にしないようにしてきました――でも」

「でも？」

「雨はあまり歓迎されるものではないでしょう？」

「なんだって？」

ガラルの神は天気を司《つかさど》ると信じられていて、降り続く雨は神の意思に反したと思われても仕方ないこと。それにそもそも農業が盛んであるガラルの国にとって、過ぎたる雨は歓迎されるものではない。幼い頃にそれを家庭教師に教えられてから、レインは自分の名前がますます好きではなくなった。

だが、自分にふさわしい名前だとも思った。

誰からも愛されない、必要とされない自分に。

「だからこちらの国に来て、皆さんが私の名前を褒めてくださるから、最初は驚きましたが……嬉しかった」

今日も微笑《ほほえ》みを浮かべられないレインだが、竜人たちの優しい言葉を思い出すと勝手に瞳が潤み始める。

（ああ、いけない――）

感傷的になりすぎている自分に気づいて、レインは顔をあげた。

「ごめんなさい。熱にうかされて余計なことを申し上げました」

「君が話すことで、余計なものなんて一切ない――失礼」

シグルトの大きな手が伸びてきて、彼女の手をぎゅっとまるで護《まも》るかのように握りしめる。お互いに手袋をしていないので、彼の肌の感触が直接伝わってくる。彼の手はレインよりもひんやりとしていて、骨ばっている。

「レイン、このまま聞いてくれ」

「……はい」

シグルトのラピスラズリの瞳が、レインを正面から捉える。

「この国では雨は恵みの象徴なんだよ」

「……！」

レインははっと唇を震わせた。

「確かに降りすぎる雨は時に脅威をもたらす。この国でも豪雨のせいで、川が氾濫したりすることもある。だが雨が降らないのもまた死活問題だ。だから竜人たちは雨を天からの恵みだと考えている――俺たちを生かしてくれるものだから。雨がなければ、俺たちは生きていけない」

彼がつないでいる手に少しだけ力をこめた。

「それを知っている竜人たちは、その上でレインという名前が君にぴったりだと思ったんだよ。もちろん、俺もだ」

「シグルト、さま……」

レインの唇から掠《かす》れたような声がこぼれる。

「他の人が皆そうであるように、君だって、天からの授かりものだ」

レインは目を見開く。

「どうかそれを忘れないで欲しい。君は、真面目で、優しくて、かわいくて、いつだって一所懸命で……そんな君を、俺は大切にしてやりたいと思う。だからこそ君が哀《かな》しそうな顔をしていると、耐えられない」

シグルトは一拍置いて続けた。

「俺にできるなら、その哀しみを全て取り去ってやりたい」

（シグルト様……）

真摯《しんし》な彼の言葉がレインの心に光を灯《とも》す。その光が熱を孕《はら》み、願望を生み出す。シグルトに自分の想い全てを捧《ささ》げたいと。

（私がそんなことを望めるわけがないのに――）

「もったいない、お言葉を……ありがとうございます。私……」

この続きを言うのは、勇気が必要だった。

持てる全ての勇気をかきあつめて、レインは口を開く。

「ガラルの国に戻っても、ずっと、ずっと……忘れません」

彼女はこの時、はっきりと心に決めた。

もともとそのつもりはなかったけれど、春になってレインがガラルの国に戻るまで、ネックレスの中の毒が使われる日は来ない。

使われるとしたら、ガラルの国で、シグルトのいない場所で、だ。シグルトにはずっと健やかに生きていて欲しい。

そう思えたのは——。

(私、シグルト様が好き……)

レインは圧倒的に経験が足りなくて、これが本で読む恋なのかどうかは正直わからない。けれど、シグルトへの思いは彼女にとって特別で、他の人には決して感じないものであった。

(きっとこれが、私なりの、好き、なんだわ。私も……誰かを想えた)

世間一般とは違ったとしても、レインも誰かに恋をすることができた。まるで不完全な自分の最後の大事なピースを見つけたような気さえする。

「レイン」

シグルトが静かに彼女の名前を呼ぶ。

「君が帰りたくなければ、ガラルの国に戻らなくていいんだ。君が望むなら、俺はもちろんだが——イルドガルド様だって了承してくださるよ。そもそも、ガラルの国との調印書にも王の名でその旨が記してある」

「え？」

すっかり一年後にはガラルの国に戻るものだと考えていたレインは呆気にとられた。そういえばガラルの国での王宮でのやり取りで、調印書を書き換えていた。レインが望めば何年でも竜人の国に滞在してもいい、と。

途端にシグルトの顔が綻ぶ。

「驚いたのか。かわいい。――君は表情が変わらなくても感情は豊かだよね」

「え……？」

「気づいていないだろうがレインの瞳はきっと君が思っているより饒舌《じょうぜつ》だよ」

そこでシグルトがベッドに腰掛ける。

「俺は君にこの国にいて欲しい――ずっと俺の側《そば》にいて欲しい」

「シグルト、様……？」

レインが瞳を見開くと、シグルトは再び微笑む。

「額に口づけをしても、構わないかい？」

ぽかんとしたレインに我慢ならない、といった表情になったシグルトが素早く近づいて、彼女の額にキスを落とした。

（えっ、え、え――!?）

胸の内で絶叫したレインは――なんと生まれて初めて赤面した。そんな彼女の様子を見たシグルトが、ははは、と明るい笑い声をあげる。

「いたずらが過ぎたか」

彼はそっと彼女の手を解放するとベッドから立ち上がり、ぽん、と彼女の頭に手を置く。

「さあもう一度寝てくれ。俺はもう邪魔をしないから」

「……はい」

レインは大人《おとな》しくベッドに横たわり、目をつむった。シグルトが側にいて緊張していたものの、さすがにまだ本調子ではなかったからか、すぐに眠りに落ちた。

そしてシグルトはそのまま一晩中彼女の看病をしてくれたのだった。


それからの日々はレインにとって夢のようだった。

フェーデとの授業は文句なく楽しかったし、ディーターとジュリアナとは日々親しくなっていく。

特にジュリアナとは気が合って、一緒に街へ出かけるまでになった。同性の友人と出かけるという、年頃ならば誰もが体験するであろうことを、初めてすることができた。——楽しかった。

側仕《そばづか》えのマーシャとも以前よりもずっと距離が近くなり、まるで本当の家族のような気安さすらある。

そしてシグルト。

シグルトとは、あの夜、言葉を明確に交わさなくても気持ちが通じ合った気がした。もちろんそれはレインの勘違いかもしれない。レインに対してはあくまでも保護者のつもりなのかもしれなかった。

そもそも、彼の背景をレインは何も知らない。

それでもレインは、日常生活を通してシグルトに恋をした。

彼への恋の自覚が、彼女を未だかつてないほどに自由にしてくれた。シグルトならば、もしかして本当にレインを竜人の国に留め置いてくれるかもしれない。そうしてガラルの国のレインではなく、竜人の国のレインとなっていく。彼女はそんな未来を、一瞬だけ夢見た。

しかしある日、その希望は打ち砕かれることとなる。

一通の手紙が極秘にレインへ届けられたのだ。

差出人は――「F」とだけ認《したた》められていた。

五章 「初めての微笑み」

その日、シグルトが出かけていった後、青ざめたマーシャから宛先が何も書かれていない真っ白な封筒を手渡された。

「差出人をご確認ください」

あまりにも悲しげな声だった。受け取った封筒は手触りがよく、品質の良さがうかがわれた。差出人は「F」とだけ認《したた》められ、蜜蝋《みつろう》で封がされている。ぱっと側仕《そばづか》えを見ると、唇を噛《か》み締《し》めたマーシャが小さく頷《うなず》く。

「これを、どこで……?」

「昨日の夕方、市場で買い物をしている時に、子供に話しかけられて……」

竜人の子供は無邪気な様子で、そこに立っていた人に頼まれたと言ったそうだ。マーシャが受け取るとその子供は去っていき、他《ほか》に怪しげな人影は見当たらなかった。

「一晩考えましたが、これはやはりレイン様にではないかと」

「そのようね」

レインは背筋《せすじ》を伸ばした。

「一人にしてくれる？」

「……かしこまりました」

悲しげな顔はそのままにマーシャは礼をしてから立ち去った。マーシャもきっとこの差出人に関して同じ人物を頭に思い浮かべたのだろう。レインに渡すのを葛藤《かっとう》したのは、今の生活が壊れるからだろうか。竜人の国に来てからのレインの暮らしにマーシャがどれだけ喜んでいたのかを思い返すと、想像には難《かた》くない。

呼吸を整えるとレインは封を開け、手紙を取り出した。

『親愛なるレイン』

（……親愛、なる……）

手紙はやはりフィッツバードからだった。

それによるとレインが去ってから、ガラルの国は雨がやまず、川の氾濫《はんらん》が起き、田畑も多大なる影響を受けているそうだ。今年の作物の収穫はほとんど見込めず、今は備蓄している食糧でなんとか保っているが、来年はどうなるか不透明だという。

ウルリッヒ三世は、王妃の出身国などに食糧援助を求めたが、あまり芳《かんば》しい返事をもらえずに焦っているらしい。

（それに何より、不幸の象徴である『雨』が降り続いていることに、民衆の間に不安の声が広がり始め……）

異常気象、そして将来への不安から、王に対して不満の声もあがり始めたのだという。

それからフィッツバードの筆跡が大きく乱れ始めた。

（……王は、誰《だれ》かにこの責任をなすりつけようと画策しているように思える。『レイン』をガラルの国に連れ戻し、民衆の前に突き出すつもりではないかと僕は危惧している。そのうえで難癖をつけて竜人の国に戦争を仕掛けるのではないかと――）

民衆たちの怒りや恐れの矛先を、国にではなく、分かりやすい何かに転嫁するつもりではとフィッツバードは考えているようだ。戦争をすることで、国力は削られるが、国民の意識はコントロールしやすくなる。国民共通の敵をしたてあげたら、キリのいいところで戦争を切り上げるつもりだろうか。いかにもあの王の考えそうなことではある。戦争によって民衆の生活が切り刻まれ、命を落とす者だっているだろうに、国の為政者としての視点しかない彼にとってはその犠牲は些末《さまつ》なことなのだ。

（僕がそう思ったのは、使者をそちらに送ると聞いたからだ。おそらくすぐにレインの前に現れ、君にガラルの国に戻るように迫ってくるだろう）

レインは次の一節を読み、目を見開く。

（どうかレイン、戻ってくるな。僕はそれだけを伝えたくてこの手紙を書いた。どうか、どうか逃げてくれ。死ぬな）

王宮で最後に見かけた彼の顔は、青ざめたものだった。レインに対する物腰は優しくはなかったが、それでも確かに彼女を気にかけてくれていた。

この手紙をガラルの国で――王宮の誰かに感づかれたら、フィッツバードの築いてきた地位が崩れ去るくらいの危険を孕《はら》んでいる。だが彼は自身に降りかかるかもしれない危険を顧みずに、この手紙を送ってくれたのだ。

（ありがとうございます、フィッツバード様……）

最後にフィッツバードは、この手紙が使者より先に届くよう信頼できる者に託すから果たせることを祈っている、どうか幸せになってくれ、と結んでいた。

民間レベルでもほとんど交流のない両国だ。王弟の息子であるフィッツバードであっても竜人の国につながっている者を探すのはなかなか大変だっただろう。この手紙の全てから、彼の必死な想いがレインに伝わってきた。念の為手紙にインクの墨を垂らして真っ黒にした後、丁寧《ていねい》に畳み、マーシャを呼ぶ。

「火にくべてくれる？」

「かしこまりました」

「それから、しばらく一人になりたいの」

幸い、今日はフェーデの授業は予定されていなかった。

マーシャは悲痛な面持《おもも》ちになったがすぐに頭を下げて、部屋を去った。

一人になるとレインは、窓辺に寄り、空を見上げる。

冬の空は澄んでいて、今日も快晴だった。

ぼんやりとネックレスを探り、その後、手首の紐《ひも》に触れる。

先日、調印書を書き換えたのだ、とシグルトに聞いた時に確認したが、残るのも早めに戻るのもレインの意思次第となっていた。だからガラルの国から使者たちがやってきて、レインに帰国を促し、彼女がそれを決意すれば違反にはならない。

(……戦争、を……)

竜人の国で出会った人々の顔が次々と思い浮かんでは、消えていった。最初にピンクの果物をくれた女性、お花をくれた女の子、サンダーギルとグリフォード、ブランシュ、フェーデ、ディーターにジュリアナ、イルドガルド――シグルト。

彼のラピスラズリのような瞳《ひとみ》を思えば、レインは胸がしめつけられるように感じた。

(シグルト様のお側にいたい――でも、でも――)

そこで、トントン、とマーシャがノックをした。彼女の声はか細く、震えていた。

「レ、レイン様――、あの、ガラルの国から使者の方が――」

家の主《あるじ》であるシグルトが不在のため、対応できかねると断った執事のヒューバートに、使者は三分で終わる、とりあえずレイン本人に聞いてくれ、と強硬に言い張ったという。しばらくの押し問答の末、ヒューバートが折れた。

玄関ホールのすぐ隣にある客間で、眼鏡《めがね》をかけた中年の使者と会うこととなったが、彼とは不思議なほど視線が合わない。ソファの前に立った使者は不安そうな表情で、うろうろと視線をさまよわせている。

(そうよね、私のこと……『見えない』わよね)

そんな使者の態度に気づいたのか、レインの背後に控えていたヒューバートが軽く息を呑《の》む音が聞こえた。

（驚かれたかしら。竜人の国の方たちだったらこんなことはなさらないものね……）

以前は一人きりでこういった態度に耐えていたレインだったが、ヒューバートの反応に気持ちが慰められた。

「どうぞ、お座りください」

レインが手でソファに座るように指し示すと、使者は咳払《せきばら》いをしてから腰かける。

「お時間をとっていただき、ありがとうございます。今から王宮に参り、女王様とシグルト様にもお目にかかります。その前に一目レ……レイン様にお会いできたら、と思いまして」

「ご用件をお聞かせください」

レインは淡々と続きを促す。

「では早速申し上げます。有り体《てい》に言えば、ガラルの国に戻ってきて欲しい、ということです」

「予定では、春のはずではありませんか」

「緊急事態が起きたのです。どうしてもレイン様のお力が必要だと陛下はお考えです」

レインが使者を見やり、視線が合いかけると、すぐに顔を逸《そ》らされる。

「私の、力……？」

「はい、レイン様にしかできないお役目だと陛下はお考えです。なので、お一人で帰ってくるように、と。連れていった側仕えはこの国に留め置け、と……」

使者はそこでせわしなく身体《からだ》を揺らしながら、早口でレインが先ほどフィッツバードからの手紙で知った事実をまくし立て始める。

ただし、王がレインを民衆の前に突き出そうと考えていることだけは慎重に隠されて。

使者が眼鏡のふちを上げながら、続ける。

「これはもう個人的感情で動けるような問題ではないのです。それにレイン様もこの国の宰相閣下にご迷惑をおかけしたくはないでしょう？」

「……シグルト、様に？」

「はい。レイン様が閣下の屋敷に滞在していることを陛下が突き止められ、憂慮されています。その、竜人らしい考えに、侵されているのではないか、と……ガラルの国に戻られた後のレイン様の評判についてもご心配されておりますし——」

「聞かなくていい、レイン」

そこで扉が大きく開き、足早にシグルトが入ってきた。

おそらくヒューバートが早急に王宮へ使いを出したのだろう。

「だ、誰だ君は——」

そう言いかけた使者は記憶と合致したらしく、一気に青ざめ、ガタガタと震え始めた。

「人の留守中に押しかけて、勝手なことばかり言っているようだが——ガラルの国というのはこんな礼儀知らずばかりなのか」

シグルトはダークグレーのジャケットを脱ぎ捨てると、近くの椅子《いす》に放り投げるように置いた。それから彼は音を立ててレインの隣に座ると、腕を組み、じっと使者を見つめる。使者は蒼白《そうはく》な顔のまま、俯《うつむ》いた。

「それで、ガラルの王はなんと？」

「私には答えかねます……その、正式な、使いはすぐに、王宮に参りますので」

「正式な、だと？　ではレインに偉そうな口を叩《たた》いていたお前は何だ？」

じろり、とラピスラズリの瞳に睨《にら》みつけられ、使者は震え上がる。

シグルトは静かに怒り狂っていた。

（シグルト様が、私を守ろうとしてくださっている……）

彼女はそっとシグルトの腕に手をかけると、使者に向き合った。これから言おうとしているのはシグルトの優しさに反する言葉で勇気をかき集める必要があった。

（でも、シグルト様なら、きっと分かってくださる）

「私に、一日いただけませんか」

レインはぎゅっとシグルトの腕を掴《つか》む手に力をこめる。

「明日までに荷物をまとめておきます」

「レイン？」

「明日、王宮でイルドガルド様にお礼を申し上げる時間はいただけますね？」

「レイン！」

立ち上がったシグルトに両肩を掴まれた。

「俺《おれ》を見ろ。いいか、そんなことは俺が許さない」

彼女に覆いかぶさらんばかりのシグルトはすごい気迫を放ち、実際怯《おび》えきった使者は腰を抜かしかけているようだったがレインはちっとも怖くなかった。

シグルトはレインのために怒っていたし——彼が自分を害するなどとちらりとも思わなかったからだ。

「わ、わたしはこ、このあたりで。レイン、様。明日ではお、王宮でお会いできれば」

ふらふらと使者が立ち上がると、シグルトが振り返り彼を睨《ね》めつける。

「今すぐに去れ。二度と我が家の敷居をまたぐな」

「は、はい」

「ヒューバート、お客人のお帰りだ。見送れ」

「かしこまりました」

ほうほうの体《てい》といった様子の使者がヒューバートと共に部屋を出ていくと、シグルトが息を何度か吐く。彼の怒りが急速に鎮まっていくのが感じられた。

「すまない、一気に荒ぶってしまった」

彼は姿勢を正すと、レインの背中に手を置く。

「君だって理解しているのだろう、ガラルの国はレインを悪者に仕立て上げようとしているんだぞ」

「ええ」

レインにはフィッツバードが知らせてくれた情報があるだけだが、間違いなくそれ以上のことをシグルトは知っているはずだ。

「でも私が戻らないと、竜人の国に対して何をするか分かりません。そうなれば巻き込まれるのは一般の方々ですからそれを考えないわけにはいきません」

王の体面や国の沽券《こけん》やそんなものはレインにとっては取るに足らないものだ。彼女が無視できないのは、戦争になれば犠牲になるのは王ではない。市井《しせい》の人たちということだけだった。

シグルトはふうと息を吐いた。

「自らの命よりも、民について考える……。君は……『見えない』王女だったというのに、ガラルの王よりもずっと……ちゃんとした王女なんだよな……自分のことだけを考えて、逃げて欲しいと願ってしまうが、……そんな君だから俺は好きになった。俺はそんな君を全て愛したい」

彼はソファの前に跪《ひざまず》き、彼女の手を取る。

「レイン」

ラピスラズリの瞳に見上げられ、レインは息を呑む。

「君に俺の愛を捧《ささ》げたい」

「シグルト、様……?」

「君が幸せになるために、俺を利用して欲しい。俺ができることならばなんでもする。できないことでも、なんとかする」

彼はそっと彼女の手の甲に口づけを落とす。

「君と生きていくためならば、どんなことでも乗り越えてみせる」

胸の内にどんどんと美しい花が開いていくかのような、そんな幻想をレインは見た。

彼女はその温かみを失わないように、言葉にした。

「シグルト様、私も貴方《あなた》をお慕いしています」

そうして、レインは――口元を緩めた。

シグルトの両の瞳が大きく見開かれ、彼の手が彼女の頬《ほお》に伸びてきた。シグルトの手は微《かす》かに震えている。

「レイン、笑っている」

「え、私……笑えていますか？」

彼の手に自分の手を添えながら、レインが首を傾《かし》げた。そんな彼女の様子にシグルトの口元にも笑みが浮かぶ。

「ああ、笑っている。何度も想像はしていたが、本当にかわいい。信じられないくらいかわいい。

――どこにもやりたくないくらい、かわいい」

彼は身を乗り出すと、レインの額に唇をつけ、それから少し顔の角度を変えて彼女の唇を奪った。

初めて口づけをされ、あまりの驚きでレインの頭は真っ白になってしまった。唇に唇をあてるだけの軽いキスだったが、それでもレインにとっては大事件である。

――けれど、幸せでもあった。

しばらくして我に返ったらしいシグルトに手を引かれてレインの部屋に戻ってきた。

「今日は、お仕事は？」

ソファに並んで腰かけたシグルトに尋ねたら、彼は肩をすくめてみせる。

「イルドガルド様がいらっしゃれば問題ない。後で一度戻るが――レイン以外に大切なものはない」

きっぱりとした口調で彼は言いきると、彼女を離したくないとばかりに引き寄せる。ぴたりと彼の身体にくっつくと、レインは心から安心する自分を感じた。

「俺も一緒にガラルの国に行きたい」

「い、いえ、それは難しいかと」

ぱっと彼を見上げると、シグルトはふうとため息をつく。

「くそ、自分の立場が憎い。俺が行けば余計に事態がややこしくなるよな。だが君を一人にさせたくない。絶対に、一人になんかさせたくない」

シグルトがそう言いながら、自分の手に彼女の手を絡《から》めた。

「後でイルドガルド様とも相談しなくてはならない――ひとまずこの話は置いておこう。何か有効な手立てがあるはずだ」

彼の表情は険しく、脳内では色々な考えが巡らされているのだろう。

（シグルト様が、私のためにこんなに――）

レインの胸はいっぱいになる。

「以前ガラルの国の人間と、俺の婚約話が持ち上がったのは知っているか？」

突然の話題転換だったが、レインはすぐに応じた。

「ええ、覚えています」

「最初から婚姻を結ぶつもりはなかった。当時ガラルの国は同盟国を得るのに必死で、手当たり次第近隣の国に声をかけていたから警戒していた。そもそも友好関係を結んだところで、あの王が相手では竜人が軽んじられてろくな扱いをされるわけがない。だが間違いがないように断るべく自分で足を運ぶことにした」

「はい」

「君も、あの場にいたよな？」

すっと視線を向けられ、レインはぽかんとした。

「え……私のこと、覚えて、いらっしゃるのですか？」

（あの時、シグルト様と視線が合ったと思ったのは、間違いではなかった――!?）

シグルトの顔が綻ぶ。

「もちろんだ。君は――今から思えば腹立たしいが、ガラルの王のせいであんな柱の陰にいたんだよな。君の……」

彼は続けるのを、一瞬躊躇《ためら》った。

「君の『色』は見たことがないくらい、綺麗《きれい》だったから忘れるわけがない」

（私の、色……？）

「俺は捨て子だった」

シグルトがぽつりと呟《つぶや》いた。

（え……なんですって？）

あまりにも予想外の告白に、レインは目を見開く。

「驚いたかい？」

「は、はい……」

素直にレインが頷くと、シグルトが微笑《ほほえ》んだ。

「驚かせてごめんな。それで、俺の親は竜人なのか、人間なのか、それすらも分からない。竜人の国の片隅で、赤子の時に捨てられていたのだそうだ。普通に考えれば、ガラルの国の人間が捨てていったんだろう。その証拠に俺の胸元には鱗《うろこ》がない」

「――！」

そういえば彼だけがいつも胸元をぴったりと閉めて服を着ている。

「だが君も分かってくれるだろうが、竜人たちは情に厚い。俺の養親たちも、俺を天の恵みだと言いながら育ててくれた。俺は彼らに感謝しているし、お陰で境遇への恨みはこれっぽっちもないんだ」

『君だって天からの授かりものだ』

シグルトがレインに授けてくれた言葉は、かつてシグルトが養親たちに与えられたものだったのだろうか。

「そしてどうも小さい頃《ころ》から俺には不思議な力が備わっていることに気づいた。それがその人の気持ちを表す『色』を視《み》る力だ――例えば今レインは――」

彼は視線を彼女に落として、微笑む。

「かわいらしいピンク色だ。レインの色はいつもかわいい」

「……『色』が、お視えになるんですか？」

「ああ。人の背後にうっすらとね。だが、ただ単に視えるだけだ。俺が感じるのはそれが自分にとって不快かそうではないか、くらいのものだ。取り立てて何の役にも立たない。竜人たちは特にあけっぴろげな性格の者が多いから疲れないんだが……ガラルの国ではそうではなかったな」

その言葉でレインははっとする。

「そういえば帰りの馬車の中で少しお疲れになっているように見えました。あれは……？」

ガラルの王宮から出発するや否や、しばらく眠りについていたし、何度か眉間《みけん》を触る仕草を見せていた。あれも『色』を見ることに関係していたのだろうか？

「ああ、そうだな。あまり心地よい『色』ばかりではなかったから少し疲れてな――だがこの不思議な力があることが分かって、どうやら俺もただの人間ではなさそうだ、となった」

だが彼の成長するスピードは、竜人とは違ってかなり早い。体格も竜人というよりは人間に近い。かといって人の姿以外に変化することもなく他の獣人の血が入っているという確証ももてない。

それに成人が近づくと、体の成長は徐々にゆっくりにはなってきた。そして、『色』を視ることができるという不思議な能力のこともある。

「だから最終的に、幾ばくかは竜人の血が入っているのではないかということで結論づけた」

「そう、なのですね……」

「真実は闇《やみ》の中だがな。それで……俺なりに考えて、この国に恩返しをしたいと思って、王宮の文官の試験を受けた――このあたりはディーターに聞いたのだろう？」

「はい。でもディーター様は、シグルト様がその……」

シグルトが微笑んだ。

「うん。あいつは思ったことをすぐに言う困った男だけど、いいやつなんだ。だから俺の出自に関しては言葉にしなかったんじゃないかな」

レインが頷くと、彼はそれから探るようにレインを見やる。

「ブランシュのことを話してもいいか?」

「はい、もちろんです」

しっかりと頷くと、シグルトが彼女の頬にキスを落とす。ふわりと柑橘類《かんきつ》の香りが漂った。

「!?!?」

思わず赤面すると、彼が微笑んだ。

「聞いてくれてありがとう――以前市場でレインに嫌な思いをさせて申し訳なかった。ディーターに言った通り、彼女が幼馴染《おさななじみ》の枠を超えたことは一度もない」

ブランシュの父親と、ディーターたちの父親が友人だった関係で、幼い頃に知り合ったのだという。ブランシュの両親はつがいではなく、彼女は奇跡的に授かった子供だったという。だからブランシュは一人っ子で、四人はまるで兄弟姉妹のように近しい距離で育った。

「彼女が一番年上というのもあって、四人の中で最初に恋人を作った。その印象しかなくて、この前は『祝福の布』についてなんだかんだ言っていたが、俺はまったく覚えていない」

そこでシグルトは眉間にすっと皺《しわ》を寄せた。

「ブランシュが濃いブルーのドレスを着ていたことがあって褒めたことはある。それは覚えているから間違いない。だが、養母にもジュリアナにも同じことを言ったことがある――要するに、俺にとってはそれだけのことなんだ」

「……はい」

「少し風向きが変わったのは、俺が文官になってからのことだ。事務官になり、もしかしたら宰相につくかもしれないといったところでブランシュが突然言い寄ってくるようになった」

レインが見上げると、ラピスラズリの瞳が彼女を見下ろしていた。

「彼女は俺の気を引こうとしてあれこれ世話を焼きたがった。周囲にも言って回っていたらしいから、ディーターが勘違いしていたんだろう。さすがに戸惑ったが、彼女は飽き性だから相手にしなければそのうち諦めるかなと……それに俺が公の場で否定することで彼女のプライドを傷つけてもいけないと思っていた。正直に言えば彼女に対して幼馴染としての情はあるからね。だが誓って、俺は一度も彼女に恋人のように触れたことなんてないよ」

シグルトはそう言うと、今度はレインの額に口づけを落とす。

「こうやってレインにするみたいにはね――嫌じゃない？」

「い、いやじゃありません」

ふ、とシグルトは笑んだ。

「このピンク色は、君が嫌じゃないという表れだな。少し濃くなった」

レインは気恥ずかしさに耐えかねて、俯いてしまう。

「かわいいな――ああ、君が許してくれると俺は止まらなくなりそうだ」

シグルトはそう呟くと、今度は彼女の鼻先に小さなキスを落とした。

「そんなわけで、俺が靡《なび》かないとなると、今度は今まで以上に次々と恋人を作っては……俺に見せつけている、つもりなのかもしれない。俺としては、誰かと落ち着いてくれたら良いと願っている」

レインが彼を見上げると、シグルトの表情は複雑そうだった。

「俺は……親が誰かも分からない異質な存在で、そもそも竜人たちとは流れている時間が違う。竜人だけでなく、人間とも違うだろう、だから一人で生きて一人で死ぬつもりだったんだ」

レインはそこでつないでいない方の手をそろそろと彼の腕に置く。

「だが……あの日、王宮でレインを見た瞬間、俺は恋に落ちた」

「――!?」

「俺は生粋の竜人ではないから、レインがつがいかどうかは感じることができなかったし、あまりにも鮮やかに恋に落ちたから、最初はこれが恋だとも気づいていなかった。だが、竜人の国に戻ってからもどうしても君が忘れられなかった」

それでシグルトはあの少女は誰だったのかをこっそり調べ始めることにした。あの場にいたし、明らかに使用人といった身なりではなかったから、王族に関わる人間なのだろう、とあたりをつけたものの、シグルトであっても情報はなかなか見つからなかったそうだ。

だがふとした時に、王宮で働いていた使用人が不当に解雇された後、腹立ちまぎれに酒場で王の庶子について話していることを知った。その線を追うことにしたシグルトはついにレインの存在にたどり着いた。王宮ではレインの存在は触れてはいけないものとなっていたが、口の軽い人間というものはどこにでもいるのである。

それでもレインについての情報は、王宮の片隅に王の庶子が住んでいて、適齢期ではあるが婚約者はいないらしい、とそれくらいしか知ることができなかった。だからさすがのシグルトもまさかレインが『見えない』扱いをされているとまでは思っていなかったのだという。

「例の国境付近での件は、君とは関係ない。以前からガラルの国の対応には不満があったから、そろそろ制裁を考えていたんだ。だが……ふと、もしかしたら、王族の人間を差し出してこいと言い張れば、ガラルの国は庶子である君を出してくるのではないかと考えた。君が適齢期なら、なおさら」

ウルリッヒ三世の人間性を考えればその線は濃厚だった。

万が一レインではなかったら彼はその場で断るつもりだったという。

「まあ政治を利用して、個人的な思惑を果たしたというところだな。イルドガルド様はご存知だが」

「え？」

「『そんなに拗《こじ》らせているなら、さっさと奪ってきなさい』と言われたよ。イルドガルド様は味方にはとことん優しいが、容赦のない人でもあるから」

シグルトはレインの顔を見て、笑いだした。

「信じられないか？」

「女王様には、とてもお優しい印象しかなくて……」

「はは、それはひと目で君を気に入ったからだよ。イルドガルド様だけではなく、竜人たちもみな、君のことをすぐに好きになったが」

彼は笑いながら、話を続けた。

「君が幸せそうだったら、一年を客人として楽しく過ごしてもらって、ガラルの国に戻すつもりだった。が……君は本当に哀《かな》しそうで、色もずっと悲しげで、儚《はかな》くて、俺はほっておけなくなった。この想いが恋なんて軽いものじゃないと知ったのは、直《じき》だった」

（……！）

「竜人たちの愛は濃くてね。恋と愛は違う。一度本気で愛してしまうと、一途《いちず》なんだ。――俺もそうだと、思う。どれだけ竜人の血が混じっているか分からないが、レイン以外は考えられない」

シグルトの声はどこか苦しそうに響いた。

はっとして彼を見上げると、ラピスラズリの瞳はどこか悲しげだった。

「俺はもう君しか愛せない。君を逃したくないと、どんな手を使ってでも側においておこうとするだろう。辛《つら》かったら逃げてもらっていい。自分を柱に縛りつけてでも、追いかけないようにするから」

「シグルト、さま……」

（こんな風に思っていてくださったなんて――私なんかに、もったいない……）

そして彼の身の上話を聞き、改めて素晴らしい人だと感じた。周囲の助けもあっただろうが、しかし彼は本当に身一つで宰相の地位にまで上り詰めたのだ。そんなシグルトに自分はふさわしいだろうかと途端に自信がなくなりそうになる。

だが、そこでレインは唇をしめらせた。

（ううん、私なんかに、って思ってはいけないわ。そうやってシグルト様が、竜人の皆さんが教えてくださった――）

レインはすうっと息を吸い込んだ。

「私もシグルト様のことを覚えていました。一瞬、視線が合った気がして、あまりにも美しい、濃い青色の瞳で……ずっとずっと忘れられなかった」

彼女は訥々《とつとつ》と、それから竜人の国について調べたことを話した。ガラルの国のだけではなく、竜人の国に友好的な国の著者の書いた本を読んだことも。

竜人の国も竜人たちも、今では大好きだということを――ガラルの国よりずっと愛着を持っていることを。

シグルトの顔に徐々に明るさが戻ってきて、レインはその美しさに見惚《みと》れた。

「君も、俺のことを忘れないでいてくれたのか？」

「はい、ずっと」

「嬉《うれ》しい、レイン」

まるで子供のように、満面の笑みを彼が浮かべる。

シグルトは彼女を引き寄せると、もう一度キスを落とす。レインも彼の背中に手を回して、それを受け入れた。

ちゅっと音を立てて唇を離すと、シグルトの頬に赤みが差している。

「これ以上進んでしまう前に、俺は王宮に戻る」

彼の仄《ほの》めかしが分からないほど、レインは子供ではなかった。

（して、ほしい。だって万が一のことがあったら私は――）

胸の奥から欲求が湧いてきて、レインは彼にすがった。

「行か、ないでください」

シグルトの身体が震える。

「レイン、意味を分かっているのか？」

「はい、分かっています。どうか私を」

抱いてください、とレインは彼の耳元で囁《ささや》いた。

きっとおそらく、今までシグルトにこんなに意表をつかせた者は他にいないだろう。それくらいシグルトは呆然《ぼうぜん》としているように見える。

「なん、だって……？」

シグルトは腕の中にいるレインに視線を落とすと、口元を引き結ぶ。

「……不安を感じている君に俺は何を言わせたんだ……」

彼がレインを引き寄せ、大事なものを護《まも》るかのように抱きしめた。彼の柑橘類のような香りが色濃くなり、レインはうっとりとしながら目を閉じた。

彼の鼓動が速くなっているのを感じる。

（シグルトさま……）

恋する彼の名前を心の中で呼べば、レインの口元は自然と弧を描いた。

「レイン、もちろん俺だって君を抱きたくないわけじゃないが、だが――」

シグルトはしばらく続きを言うのを躊躇っていた。

「……はい」

「俺と会うのが最後だから、と思っているのだったら絶対に嫌だ」

「……」

「明日から俺たちは離れ離れになる。俺はすぐに追いかけるつもりだが、その間に何があるかなんて誰にも分からない、と君は思っているはずだ」

レインは彼の胸元から顔をあげて、シグルトを見上げる。彼のラピスラズリのような瞳は哀しみを湛《たた》えているように思えた。

「追いかける……？」

「当たり前だろう。すぐに追いつくように向かうつもりだ。だがどう考えてもまずは先に君には出発してもらわなければならない……悔しいが」

「で、でも、シグルト様がガラルの国にいらっしゃると間違いなく陛下は、貴方に害をなそうと致します。だから――」

ぐっとシグルトの瞳が細められる。

「その言葉をそっくり君に返す。それに君は分かっていない。レイン以外に大事なものなんて俺にはない。地位が邪魔ならば、明日共に発《た》つために宰相の位を返上したって構わない」

息を呑んだレインの額に、彼はそっと唇をつけた。

「だが君はそれを望まないだろうね」

「……はい」

「仕方ないからその願いを聞く。だから代わりにレインは俺の願いを聞いてくれ。君が、明日を生きるため、生き延びるためだったら俺はレインを抱く。約束してくれるか？　君の思い出のためだったら絶対ごめんだ」

レインは彼のラピスラズリのように輝く瞳を見つめる。

（ああ本当にこの人は――）

「それではいけないのに、シグルト様に頼ってしまう私がいます……」

ぽろりと本音がこぼれ出ると、シグルトの瞳の険が取れた。レインの好きな、彼の優しい表情だ。

「なんでいけない？」

「だって、それでは私……シグルト様がいないと生きていけなくなってしまう」

「それこそが俺の望みだ――さあ、約束してくれるか、レイン。最後まで諦めないと、俺を待つと約束してくれ」

（大好き、シグルト様）

「はい」

レインは頷いて、彼に向かって笑顔を浮かべた。

彼に断って、ネックレスを外させてもらうことにした。少し考えて、母の紐は残したままにしておいた。

シグルトは彼女がネックレスを外す間、黙って見守っていてくれた。王に渡された時からレインは使うつもりは一切なかったが、まるで自分の行動を見張られているかのような重しの役割をしていた。それを自分の意志で外す。無機質な音を立てるそれをベッドサイドテーブルに置き、それきり意識の外に追いやった。

シグルトは恭《うやうや》しい手つきでレインを暴《あば》いていった。

以前よりずっと艶《つや》やかになった肌を触り、うっとりとした表情を彼が浮かべるとレインは赤面してしまう。

「ああ、恥ずかしいよな」

「……はい……」

微笑んだ彼が優しく彼女をベッドに横たえると、羞恥心《しゅうちしん》のあまりレインはブランケットを胸元まで引き上げた。

シグルトは覆いかぶさるように彼女に跨《また》ると、そっとキスを落とす。最初は唇を合わせるだけだったが、やがて彼の厚みのある舌が彼女の口腔《こうこう》に侵入する。

ぴくんとレインが身体を震わせると、シグルトはますます舌で彼女を蹂躙《じゅうりん》し始めた。まるで食べられてしまうかのように彼に侵されているのに——気持ちがよい。そして頭がくらくらしてくる。

ようやくシグルトが満足して顔をあげた時にはレインの体中から力がすっかり抜けていた。

そんな彼女を愛《いと》しいと思っていることを隠そうともしない表情で、シグルトは見下ろし、そろそろと手を伸ばしてむき出しの彼女の肩を触った。

「触っても？」

「……はい」

シグルトはまず肩をさすり、首を撫《な》でた。

彼の大きな手は、レインよりもひんやりとしていた。やがて彼がブランケットをゆっくりとずらし、レインの胸元をあらわにする。

「かわいい」

そこまで豊かではないが、小さくもない。お椀《わん》の形のような胸を前にシグルトは相好《そうごう》を崩した。

彼はまず乳房の周りを触り、レインの様子を注意深く眺めてから、乳首をつまむ。

「んっ……」

「痛くない？」

「……はい」

彼はそれから熱心に乳房と乳首を触り続ける。やがて乳首を口に含んだり、舐《な》めてみたりもした。

徐々にレインの息があがると、それもまたかわいいと言いながら彼の動きが休むことはなかった。

「あっ……ん、んっ……」

「ああ、声も、何もかも、かわいいな」

熱心に乳首を吸いながら、もう片方の手でもう一つの乳首を弄《いじ》っていたシグルトが呟く。

「君を触っているだけで昂《たかぶ》るよ」

それから起き上がったシグルトは黙って上着を脱いだ。

彼の肌が現れ、レインは息を呑みこんだ。筋肉質の身体には確かに鱗はなく、まるで人間そのもののつるりとした肌だった。

「鱗がないだろう？」

「はい。でも、とても……美しいと思います――触っても？」

「もちろん。君のものだから」

レインが身体を起こすと、シグルトは彼女の手を掴み、彼の胸にあててくれた。彼女は手を滑らせると、その肌触りを楽しみながら胸元を探り、引き締まった腹へと動かした。シグルトはまだ下着を穿《は》いているが、その下は――。

彼女はシグルトの逞《たくま》しい部分が盛り上がっているのを見た。

そこでぱっとシグルトが彼女の手を取り、手のひらにキスを落とす。

「レイン、閨《ねや》教育は済んでいる？」

「……ええ、それは一応」

ウルリッヒ三世はレインを『道具』としか考えていなかったから、竜人の国に差し出されなくても、他の政略結婚の道具として使うつもりもあったはずだ。それもあってか閨教育は一通りされている。

「そうか。じゃあ、驚いて気を失うことはないな」

レインの手を離すと、シグルトが一気に下着を脱いだ。

座学でしか学んでいなかったレインは、猛々《たけだけ》しく勃《た》ち上がったシグルトのそれが現れると、大きく

目を見開いた。あまりのことに彼女は直視できずに、ぱっと視線を逸らす。

シグルトが微かに笑った声が響く。

「作法がなってなくて申し訳ない――さあ次に進もう」


「あっ、んっ……っ」

押し倒されたレインは両腿《もも》をシグルトの両手に広げられたまま、ずっと秘所を舐められ続けている。

シグルトはキスが好きなのではと感じていたが、まさかこんなところを舐めるなんて――。

「も、もう、そこ、は、やめてくださ……っ」

「どうしてだ？　気持ちよさそうに腰だって揺れているのに」

レインのささやかな抵抗をものともせず、シグルトは熱心に舌でそこを愛撫《あいぶ》し続ける。とりわけ感じる秘芽《ひめ》をじっくりといたぶられると、喘《あえ》ぎ声が一際大きくなってしまう。シグルトはそうやって蜜口を舐めながらも、彼の太い指を彼女の中に押し込んだ。

「よかった、濡《ぬ》れてる……痛くはない？」

「は、はい……んっ……」

ぐぐっとおしこまれても、痛みはない。シグルトは舌と指で彼女を翻弄し続けた。

「かわいいな、ああ、皮がむけてきた――どうかな」

再び、ちゅっと秘芽に吸いつかれると、頭から足先まで鋭い快感が一気につき抜ける。

「あっ、あ、あっ……!?」

びくびくっと身体を震わせてレインは軽い頂きに追いやられた。

（い、今の、なに……？）

はぁはぁと息を整えているレインに、ようやく秘所から顔をあげたシグルトが尋ねる。

「レイン、イッたな……。よかった。気持ちよかったか？」

（私……『イッた』の……？）

どうやらこれが絶頂と呼ばれるものらしい。自慰すらしたことのなかったレインにとって初めての感覚だった。

「はい……なんだか今もふわふわしています」

「そうか……このままキスしてもいい？」

「はい」

許可を得たシグルトが身を乗り出して、レインの唇を奪う。シグルトの首に手を回して、彼のみっちりした筋肉の重みを感じながらの口づけはレインをとりわけ幸せにした。ひとしきりキスが終わると、レインは熱い吐息をこぼした。

「今日はここまでにしようか。俺のは君の身体に対して大きいみたいだから、かなり痛いと思うんだ。だから無理に最後までしなくても――」

レインを慮《おもんぱか》ってくれるシグルトらしい思いやりだったが、彼女は首を横に振った。

「嫌です。私……シグルト様が欲しいです」

ぎゅうっと彼に抱きつくと、一瞬でシグルトの身体が硬直したのを感じる。

「ああもう」

シグルトが彼女を強く抱きしめ返す。

「俺を悶《もだ》え殺す気か――」


無理だったらすぐに言ってくれ、と宣言したシグルトが少しずつレインの中に侵入し始める。じわりじわり、ゆっくりと彼女の中を彼の屹立《きつりつ》が奥を目指して進んでいく。

シグルトが丁寧に解《ほぐ》してくれたお陰で、覚悟していたほどの痛みではない。

(確かに少しは痛いけど、でも――)

レインが自分に覆いかぶさっている彼の背中に腕を回すと、がっしりとした背中はじっとりと汗をかいていた。

(シグルト様に任せていたら、大丈夫……)

シグルトが彼女を傷つけるわけがない。そう信じきっているレインはシグルトにしがみつくと、ふうと息を吐いた。

「レイン、大丈夫か?」

シグルトも荒い息をつくと、レインの髪を数回撫でてくれた。彼にそうされると大切にされていると実感する。

「んっ……はい、だいじょうぶ、です」

ちゅっと彼女の鼻先にキスを落とすと、シグルトはまたレインの唇を求めた。彼と舌を絡め合う深いキスに、レインはすぐに夢中になる。

「んっ……シグルト、様……」

キスを解いてから彼の名前を囁いた。

（好き、シグルト様、大好き――）

彼が愛しいと思えば、中の潤みは自然と増し、ぐんと屹立が奥に入りこむ。

ぐぐっと押し込まれ、そこでシグルトが大きく息を吐いた。

「入った……ああ、俺を受け入れてくれてありがとう、レイン――愛してる」

感慨深げに呟いた彼の手がそっとレインの頬に添えられた。大好きなラピスラズリの瞳に見つめられ、レインはまるで夢の中にいるかのようだった。永遠に覚めて欲しくない、幸福な夢の中に。

「私も、シグルト様のことを――愛しています」

しばらく二人で抱き合っていたが、やがてシグルトが少しだけ腰を動かした。前後に動かすだけの柔らかい動きだった。

「痛くないか？」

確かにつれるような痛みはあるが、我慢できないほどではない。

「だいじょうぶ、です」

「本当に？」

「はい……すごく激しくされると無理だと思いますが、今くらいでしたら――でもそれではシグルト様が気持ちよくないかもしれません」

「まさか。俺は君の中にいるだけで凄《すさ》まじく気持ちいい。今だって暴発してしまいそうなのをなんとか堪《こら》えているだけだ」

「――できたら、中に、このまま……」

受け止めたい、という呟きは彼の唇の中に消えた。

「レイン、これは終わりじゃない。全ては明日を生きるため――約束を忘れないでくれよ」

彼はそう言い置くと、腰をゆすり始めた。片方の手は彼女の脇についたままで、もう片方の手で、先ほど散々愛撫した乳房を覆った。乳首をつままれると、快感が蘇《よみがえ》ってくる。

「んっ、ん……」

「いいんだな？」

レインの吐息に色が含まれていることに気づいたのか、シグルトの手がますます大胆に動き始める。

腰の動きはあくまでも穏やかなままで、けれど彼の堅い屹立が確かに彼女の奥を暴き続け、やがて彼の指が秘芽をこすりあげた時――レインは陥落した。

「あっ、あ……あ――！」

びくびくと身体を痙攣《けいれん》させ、レインは絶頂に達した。今日感じたどの快感よりも激しく、同時にぎゅうっと彼の屹立を彼女の中が喰《く》いしめる。

「俺も、いく……っ」

その動きでシグルトも精を放出した。

愛する人の白濁が彼女の膣内《ちつない》を満たし、レインを誰よりも幸せにした。

しばらくお互いに荒い息を吐いていたが、少し収まると再びシグルトは彼女の唇を求めた。レインはうっとりとした笑みを浮かべて、それに応《こた》えた。


「レイン、身体を拭かせてくれ」

「い、いえ、自分で致しますので」

断ると、シグルトは残念そうな顔になる。

「そうか……。じゃあこれを使ってくれ」

「ありがとうございます」

ベッドに起き上がり、手渡された濡れた布で自分の身を清めている間、シグルトは彼女の背後にぴたりとくっついていた。

(……?)

不思議に思ったレインが振り返ると、ラピスラズリの瞳と至近距離でばっちりと視線が合う。

「どうした?」

「……いえ……?」

「拭き終わったか? じゃあその布をもらおう」

言われるがままにレインが素直に汚れた布を渡すと、シグルトはそれを広げる。

「レインの初めてを俺がもらったんだな……」

しみじみと呟かれたそれに、レインの全身が一気に茹《ゆ》で蛸《だこ》のように真っ赤になった。彼はすぐにその布を畳むと、レインを見下ろす。

「ああすまない。どうも俺は理性がどうかしたみたいだ……嬉しすぎて。今後は気をつける」

彼はそう言うと、再びレインの唇を貪った。先ほどまで身体を繋《つな》げていたから、レインの身体はすぐに蕩《とろ》けてしまう。唇を離した後も、シグルトは甲斐甲斐《かいがい》しくレインの身だしなみを整えるのを手伝ってくれた。

ずっとかわいい、愛しい、離したくない、と呟き続け、時折小さなキスを落とす。そしてまるで騎士が姫に従うかのように恭しい態度を崩さない。

もともとシグルトはレインにとても優しかったが、そこに蜂蜜のような甘さが加わった感じがした。とても恥ずかしかったが、それを堪えて彼の行動を受け入れると、余計にシグルトは嬉しそうな表情になる。シグルトが喜んでくれるのが、レインも嬉しい。レインは甘酸っぱい気持ちで、彼に身を委《ゆだ》ねた。

レインの支度が終わると、彼は寝乱れたベッドのシーツを直し、自分も服を着る。彼がシャツのボタンをきっちりと喉元まで留めると、レインは身じろいだ。

先ほど、その胸元を自由に触れさせてもらった。

誰にでも共有するわけではない彼の秘密を、彼女は知っている。それこそがシグルトのレインへの愛のかたちだ。そのことを思えば、彼女の心がぽっと温かくなる。

そこでシグルトが振り返った。

「レイン、これから王宮に行ってくる」

「はい」

「遅くなると思うから、先に休んでいてくれ。だが絶対に戻ってくるし、君のベッドに忍び込む」

レインは頬を染めた。

「はい、お待ちしています」

「待っていなくていい。明日は長旅になるから、きちんと休まないといけないよ。いいね？」

そう言い置き、彼は額にキスを落として、部屋を出ていった。


夜半過ぎ、目が覚めた。辺りを漂う柑橘類の香りで、シグルトが帰ってきたのだと知る。

「起こしてしまったか……？」

彼はベッドにもぐり込むと、レインを抱き寄せた。

「大丈夫です」

ぎゅっと抱きしめられ、レインは満ち足りた息をもらす。夢うつつのまま、彼にぴったりとくっついた。すでにレインにとってシグルトの体温は親しいものになりつつある。

（ここにずっといたい）

「かわいいな、レイン」

彼の声が掠《かす》れ、背中をそっと撫でてくれる。

「もうすぐ夜明けだ。今はもう少し眠るがいい」

彼のぬくもりと、優しい手つきに誘われるように、レインはもう一度眠りに落ちた。

いつものように朝食をとり、支度を済ませると、シグルトと共に王宮に向けて出発することとなった。ガラルの国からの『正式な使者』は昼過ぎに到着するのだという。今日、レインは濃いブルーのドレスを着た。今までどうしても手を伸ばす勇気をもてなかったそれに初めて袖を通したのだ。

それからネックレスを着ける。

昨日シグルトとの間に何があったのか察しているだろうマーシャは、目に涙をためて、本当によくお似合いです、と絞り出すようにしながらもそう声をかけてくれた。

そのマーシャとも今日からしばらくお別れだ。

「今までありがとう、マーシャ」

「レイン様……、どうか、どうか無事にお戻りください」

「ええ、そうするつもり。シグルト様とお約束したから」

「ええ、ええ……本当に……本当に」

側仕えがはらはらと涙を流すのに、レインは微笑んだ。

「ありがとう、マーシャ」

「……！　レイン様……！」

その微笑みを見たマーシャの瞳から更に涙があふれだす。レインがぎゅっと側仕えを抱きしめると、今までは絶対になかったことだが――マーシャがそろそろと手を伸ばして、彼女を抱きしめ返してくれた。

「レイン、そのドレスを着てくれたのだな」

「はい。似合いますでしょうか？」

側仕えとの別れを邪魔しないようにと、廊下で待っていてくれたシグルトが目を輝かせた。彼が熱っぽく囁く。

「本当に似合う。素敵だ……俺のものだ」

「はい、貴方のものです」

彼がレインの手を取ると、甲にキスを落とした。

「そして俺は君のものだ」

「はい……私の、ものです」

「絶対に離さないからな」

「はい、離さないでください」

「もちろん。さあ、君にこれを渡させてくれ」

シグルトは上着のポケットからきらりと輝くブレスレットを取り出すと、彼女に腕を出すように告げた。銀色の鎖でできたそれには、シグルトの瞳のようなラピスラズリが輝いていた。

「こんな、美しいものを私に……？」

「ああ。そんなに高価なものではなくて申し訳ないが、俺の代わりにこれを連れていってくれ。俺だと思って、決して外さないようにな」

シグルトを見上げると、彼が頷いた。震える腕を差し出すと、母の紐の上に、そのブレスレットがつけられた。

「これでよし」

彼が満足そうに呟く。

「シグルト様……ありがとうございます。私、大切にします」

「指輪はそのうちまた贈るからな」

「！」

レインが瞳を見開くと、シグルトはいたずらっ子のように笑う。

「ガラルの国では恋人同士は指輪を贈り合うと聞いた。俺たちもしよう——君が無事に戻ってきたら」

（未来の約束を……！）

胸がいっぱいになったレインは、想いがこもった瞳で彼を見つめ返すので精一杯だった。シグルトは彼女の手に自分の手を絡めると、彼女を見下ろす。

「さあ行こう」

「——ええ」

レインは頭をあげた。

☆

竜人の国、王宮の大広間にて。

『正式な使者』は全部で三人いた。昨日シグルトの屋敷を訪れた眼鏡の男は、青ざめた顔をして後ろに控えていた。時々ちらりと、レインの隣にいるシグルトに視線を送っていることから、よほど昨日の一件が怖かったのに違いない。

「女王陛下にはご機嫌麗《うるわ》しゅう」

一番恰幅《かっぷく》の良い使者が、礼をしてから挨拶《あいさつ》をすると、玉座に座っているイルドガルドがバサッと扇を広げる。

「先ほどまでは良かったのだけれど、ね。さっさと用件をおっしゃってくださる？」

女王は淡々としていたが、声は冷たい響きだった。

雰囲気に呑まれた使者は、つっかえつつも、事情を話し始めた。

ガラルの国の王がレインに会いたくなり、約束よりも少し早いが戻ってきて欲しいと願っている、と。いなくなって初めて、レインの重要性に気づいたのだと。

レインの隣で、シグルトが小さく鼻で笑った。

「まぁ、そうなのね」

イルドガルドが扇の向こうから呟く。

「レイン王女様さえ望めば、両国の取り決めに違反されることはありますまい。また王女様に至っては、故国に戻られることを何よりもお喜びでしょう」

「……私ね」

おっとりした口調でイルドガルドが続ける。

「最初にレインにお会いした時に、この国にいらっしゃる以上レインも私の娘よ、と伝えましたの。だからレインがいなくなってしまうのは本当に寂しくて――とてもじゃないけれど、すぐに了承なんてできないわ」

「で、ですが。王女様のお気持ちは故国と共にあらせられるはずで……！」

イルドガルドがばさりと扇を畳んだ。

現れたのは――どこまでも冷え切った瞳をした女王だった。

使者がぐっと息を呑み、黙り込んでしまう。

「レイン本人の気持ちを、勝手にお話しになられるのね。戻りたいなんて一言も彼女は言っていないわよ？」

「……そ、それ、は……」

イルドガルドがちらりとレインに視線を送った。気遣うような眼差《まなざ》しに、レインは微かに頷き返した。

（ありがとうございます、イルドガルド様……）

使者に視線を戻したイルドガルドが、再び口を開く。

「でも『私の』レインは優しい子だから、本心とは違ってもきっと戻りたいと言うでしょうね。私には止める権利はありませんわ」

「でしたら！」

途端に勢いづく使者に、扇を向けてイルドガルドは黙らせる。

「一つだけ条件があります。ガラルの国の王宮に着くまでは、我が国の者を供させます。万が一、旅の最中に何かあって、我らのせいにされてはたまったものではありませんもの」

「え、でも、それは……」

「何か問題でも？」

再び使者は黙り込んだが、しばらくして頭を下げる。

「いいえ。そこまでご配慮賜《たまわ》りありがとうございます」

「いいの。だってレインは『私の』かわいい娘だから――都合よく重要性に気づくような薄情な親ではないの、私『は』ね」

イルドガルドはそう言うと、ゆっくり微笑んだ。


怯えきった使者たちが大広間を出ていくと、イルドガルドが立ち上がりレインの目の前まで来た。

「レイン、気をつけるのよ」

「イルドガルド様……なんて、感謝を申し上げたらいいのか……」

先ほどまでとは打って変わって、イルドガルドは優しげな表情になる。

「感謝なんていらないわ。最初に言った通り、レインはもう私の娘でもあるのだもの。――どうか、気をつけてガラルの国に戻るのよ」

「……はい……！」

「それにいつだって竜人の国に帰ってきていいからね」

イルドガルドは手をのばすと、レインの手を握る。

「ううん、絶対に戻ってきてね。そうでないと、シグルトが大変なことになってしまうわ。宰相を辞めてレインと共に行く、と言い張っていたのを宥《なだ》めるのに苦労したんだから」

イルドガルドがいたずらっぽく言うと、レインの隣でシグルトがわざとらしいため息をつく。

「まぁ真実なので仕方ないですね」

「ガラルの国からしたら辞めてようが辞めてなかろうが貴方がやってきたら、警戒するに決まっているもの」

「……今は、分かっています」

「今はね？　大分ごねたものね」

痛いところをつかれたのかシグルトが黙り込む。ふ、とイルドガルドが笑みを漏らした。

「シグルトはちゃんとレインに優しくした？」

レインは瞬いたものの、即答する。

「はい、イルドガルド様」

「よかった。まぁ、一年近く一緒に住んでいて、ちゃんと気持ちを伝えたのは昨日らしいけれど？」

レインが目を見開くと、イルドガルドが微笑んだ。

「昨日やっと白状したのよ。まったく朴念仁《ぼくねんじん》にも程があるわ――でもそんなシグルトだからきっとレインは心を開いたのよね」

レインが頷くと、彼女は分かっているわとばかりに嬉しそうに笑う。

「レイン」

「はい」

「これから困難な状況になるかもしれないけれど……どうか自分のことを信じてね。貴女には貴女だけの力が秘められているから」

レインは胸がいっぱいになり、何も答えられなかった。そんな彼女を女王が抱きしめる。イルドガルドの体温は最初に出会った時と変わらず、温かかった。


旅の同行者はなんとディーターだった。

シグルトと共に王宮の外に出ると、馬車の前に彼が立っていてレインは心底驚いた。

「俺の部署が閑散期だからって、いきなり出張を命じられるなんて……」

「俺だってお前よりサンダーギルの方が良かった」

「言ってくれるな。さすがにサンダーギルほどじゃないけど、これでも普通の人よりは強いよ」

「そうでないと困る」

二人はいつものように軽口を叩き合っていたが、レインはディーターが供をしてくれると知って、とても心強かった。シグルトを見上げると、彼が頷く。

「彼でもいないよりはマシだろう?」

「シグ、言いすぎ」

「シグルト様、ディーター様、ありがとうございます」

レインが感謝を告げると、シグルトの瞳が細められる。

「ここでは彼らが見ているから、触れられないが……」

シグルトは続けた。

「俺の心はずっと君の側にいる――『約束』を忘れないで」

★

レインたちが乗り込んだ馬車が去るのを冷静な表情で見守っていたシグルトはすぐに踵《きびす》を返した。するとことは山積みで、一刻の時間も惜しい。

レインを一人で行かせたのは心配すぎるほど心配だが、ディーターもいるし、旅の間は大丈夫のはずだ。イルドガルドたちと最終調整を済ませた後、自宅に戻った。

ヒューバートを呼びつけ、自分が留守の間の指示を伝える。執事が下がった後、シグルトは旅支度をまとめ始めた。

しばらくして遠慮がちなノック音が響いた。

応じると、躊躇《ためら》いがちに扉が開き、マーシャが入ってくる。

「どうした？　心配しなくても君はこの屋敷にいてもらっていいんだぞ」

安心させるように言ってみたが、マーシャの顔は晴れない。

「何かあったか？」

水を向けてやると、レインの側仕えが勇気を振り絞ったかのように口を開く。

「ガラルの国に向かわれるのですか？」

「そうだが？」

「あの……私も、私も連れていってはいただけないでしょうか？　私、どうしてもただここで待っていられなくて……」

ぎゅっと両手を握りしめたマーシャにシグルトは淡々と応じた。

「気持ちは分かるよ」

そこで一度シグルトは言葉を切った。

「自分の『娘』のことだから、心配だよな」

しん、と一瞬部屋の中を静寂が占める。

「なんと、お気づきでしたか……」

マーシャの顔がますます蒼白になり、自分の両手をぎゅうっと握りしめた。

「おい、顔色が良くない。座るがいい」

「レイン様も……レイン様もご存知でしょうか？」

必死の形相《ぎょうそう》でマーシャが言い募るのに、シグルトは自分が推測していた通りに何か事情がありそうだと察した。

「いいや、レインは気づいていないはずだ。俺には……特殊な力があって、それで気づいたんだ」

ひと目見た時から、レインとこの側仕えの『色』が似通っていることに気づいていた。血筋が近ければ近いほど、色の親和性があるものだ。だがレインはこの側仕えを大事にしていたが、母と思っている様子は見られなかったから、何か事情があるのだろうと彼は黙っていたのである。

「そう……でしたか」

ようやくマーシャが安堵《あんど》したように息を吐く。

シグルトは改めてマーシャを眺めた。

レインがプラチナブロンドの髪とオパールグリーンの瞳を持っているのに対し、マーシャはどちらかといえば全て色味が濃い。マーシャは亜麻《あま》色の髪だし、瞳の色も濃い灰色だ。けれどまじまじと見ると、やはりどこかレインによく似ている印象を受ける。大きな瞳の形や、すっと通った鼻筋などが……。

「レインに話してはならないのだな？」

尋ねると、彼女は力なく頷いた。

「それが私が彼女の側にいる条件でした。母親が側にいると知ったら……『甘えてしまう』と陛下はお考えでしたから。そんな心構えでは、将来ガラルの国の『役に立たない存在』になってしまうと……彼女には『しなくてはならない役目』があるからと」

「『しなくてはならない役目』だと？」

マーシャが躊躇いがちに頷いた。

「はい。私には詳細は教えていただけませんでしたが、彼女にしかできない役目があると、ガラルの神が仰せだとのことでした」

「ガラルの神、ね」

シグルトはふうんと言ったきり、それに関してはそれ以上触れなかった。

マーシャによれば、王は生まれたばかりの娘を取り上げただけではなく、名前すらも他人に決めさせた。そして王家が囲っている魔術師を呼び、もしマーシャがレインに自分の存在を明かしたら、その場で視力を奪う魔法をかけたのだという――マーシャの、ではなくレインの。

「彼の本性を理解しているつもりだが……なんと下劣な……」

シグルトが呟く。ガラルの国では魔法は一般的ではないそうだ。だから魔術師を使うということはそれだけ王が本気だと知り、マーシャはずっと怯えながら暮らしていたという。

「貴女が、他の人に話すのは大丈夫なのか？」

「おそらく大丈夫なのだと思いますが、実際は分かりません」

当時の事情を知る使用人たちは、すでに辞めてしまったか、もしくはレインの側には配置されていない。だが、例えばマーシャが誰かに話したことが回り回ってレインの耳に入る可能性も考えられる。その時に『マーシャが』話したことになるのかどうか、彼女には判断がつきかねた。だからこそマーシャは一言も誰にも漏らさずに、レインに仕えてきた。娘の側にいたい、ただその一心で。

「なのでこのことは、レイン様には――」

「分かっている。俺の口から伝わることはないと約束する。それから今の話を聞いて確信したが、貴女はここにいた方がいい。どんな形であれレインを苦しめるような結果にはなりたくないだろう」

そう言うと、マーシャがはっとしたかのように顔をあげる。

「……そうですね、万が一陛下が……！」

「ああ。貴女を利用することだけは避けたいだろう？」

マーシャは力なく俯いた。

「そこまで考えが及びませんでした。それでしたら、どうして今回陛下は私についてこないように申し付けたのでしょう？」

「ただの嫌がらせだろうな」

シグルトは一刀両断した。

ウルリッヒ三世はマーシャがどんな思いでレインに付き添っていたか、また竜人の国についてきたのかが分からないほど愚かではないだろう。

彼は考えたのだ――竜人の国で二人共朽ちてしまえば、厄介《やっかい》者を一掃できると。その思惑は外れてしまったが。そして今回に関しては、マーシャは利用できる駒だと判断しなかったからこそ、共に戻ってくるなと言いつけたはずだ。

今はただ、レインを国民の生贄《いけにえ》にすることしか、頭にないのに違いない。

「ディーターを共に行かせたのは正解だったな」

ふう、とシグルトは短く息を吐いた。

「マーシャ、俺は必ずレインを連れて戻ってくる。待っているのが辛いのは分かるが、レインを信じて耐えてくれ」

「はい、はい……！」

マーシャは何度も頷いた。

「お二人のことを信じています。シグルト様に出会われてから、本当に……本当に幸せそうに微笑まれるようになって……まさかレイン様の笑顔が見られるなんて、私は、私は――」

声が涙でつまりそうになると、マーシャは口元を引き結び、礼をして部屋を出ていった。その後ろ姿を見送ったシグルトがひとりごちる。

「そうか……レインがあれだけ素直な気性なのは、彼女が側にいたからなのだな……」

彼は立ち上がった。

「もう一つ、イルドガルド様に頼むことができたようだ」

☆

ガラルの国に戻るのは、竜人の国に向かった時よりもずっと厳しい旅路となった。往路ではどれだけシグルトが細々とレインの世話を焼いてくれたのか、思い出さずにはいられなかった。けれど、レインは決して弱音を吐かずに口をつぐんだままだった。

馬車には、恰幅のいい使者と、一人の女性の召使い、それからレインとディーターという顔ぶれだった。ともすれば誰も喋《しゃべ》らず重苦しい沈黙になるところを、あれこれディーターが喋りかけてくれるので、気持ちがだいぶ楽になった。しかも彼は上手《じょうず》に交渉して、レインが少しでも心地よく過ごせるように、最初はもらえなかったクッションとブランケットを手に入れてくれた。

ガラルの国に入ってからは、ディーターは興味津々《きょうみしんしん》で窓からの景色を眺めていた。

「雨がめっちゃ降ってるから道路がぐっちゃぐちゃじゃん。最初からもうちょっと水はけを考えて道を敷かないとね」

ディーターが指摘したように、ガラルの国に入ってからはずっと雨が降り注いでいた。それでも、時折はやむ。だがしばらくするとまた降り始めるのだ。

(やはりこれは異常気象だわ……本当にガラルの神様のご意思なのかしら……？)

レインは馬車の窓から空を眺めた。レインが王宮の部屋から眺めていたような空模様ではなく、厚ぼったい灰色の雲が覆っている。

彼女は左手につけている紐とブレスレットを触って、目をつむった。

☆

王宮に戻ると、すぐにレインにだけ王のお目通りがある、と伝えられた。

ディーターから引き離され、すぐに城の最上階にある王の私室に通される。

ウルリッヒ三世は病的なほどにやつれていた。眼窩《がんか》は落ち窪《くぼ》み、顔も灰色に近い。呼吸は浅く、間断なく椅子の肘掛《ひじか》けをトントンと叩き続けている。膝《ひざ》もせわしなく動かし、身体ごと揺れている始末だ。レインが部屋に入ると、その動きがピタリと止まり、彼女を憎々しげに睨みつける。

「向こうで随分のんきに暮らしていたようだな」

レインは何も答えず、カーテシーをした。王が人払いを命じ、使用人たちはすぐにそれに従う。

「何度間者《かんじゃ》を送り込んでも、何の沙汰もない。それに誰も情報を漏らさない——なんだあの国は！　ようやくお前がシグルトの家でのうのうと暮らしていることを突き止めた。毒を仕込むためかと思ったら、全然その一報が届かないじゃないか！」

王が椅子に座り直した。

「お前が向こうでのんきに遊び呆《ほう》けている間、我が国は大変だったのだ！」

フィッツバードが書いていた異常気象の話から始まり、徐々に食糧難のことへ。最初は冷静な口ぶりだった王の口調が突然激高する。

「なにもかも、役立たずのお前がその毒をもってシグルトを暗殺できなかったからだ！　シグルトさえいなければ、我が国は安泰だったものを！」

王の態度は常軌を逸しつつあった。そもそも王の目の焦点は合っておらず、レインは彼の足元に何本もの空き瓶が転がっていることに気づいた。粉々に砕け散ったワイングラスも。

彼女がそうして冷静に状況を判断している間にも、王は訳の分からないことを怒鳴り続けている。

「王妃も子供たちも、誰も私の気持ちを慮らない！　こんな国の一大事だというのに誰もかれも匙《さじ》を投げて！　こんな危機に助けられなくて、何が魔術師だ、宰相だ、大神父だ！」

顔を真っ赤にして、唾を飛ばしながら叫び続ける王が、そこで唐突に黙った。

王は人差し指でレインを指し示す。

「レイン、シグルトを殺せなかった罰でお前を民衆の前で処刑する」

玉座から立ち上がった王が、落ちていた空き瓶を取ると、力任せに椅子に叩きおろした。ガァン、という音と共に空き瓶が粉々になる。その音が響き渡るとすぐに後ろの扉が開き、衛兵たちが入ってきて、心得たようにレインの両腕を取った。

「そのまま罪人を地下牢《ちかろう》へ連れていけ」

はっと唇を震わせたレインに向かって、王がにたりと笑いかけた。

「ようやくお前が本当の意味でガラルの国の役に立つ日がきたな――我が娘よ」


ガラルの国の王宮には、地下牢がある。

そのうち、政治犯や思想犯が収監される地下牢にレインは閉じ込められた。この牢は、政治犯たちがお互いに意思疎通をしないように、孤立した造りなのだという。

「まだこちらでよかったな」

レインから不自然に視線を逸らしている看守が、嘲《あざけ》るような笑いを浮かべた。

「重罪人用の牢だったら、劣悪だぞ。水漏れもひどいわ、そこらへんをねずみが這《は》い回っているわで、普通だったらまともに耐えられるとは思えない。まぁここにいないとも限らないがな」

『見えない』レイン相手だからあくまでも独《ひと》り言《ごと》といった体《てい》だったが、そのまますがしゃんと重々しい鍵《かぎ》を締めて、看守は去っていった。彼の足音が遠ざかると、静寂が訪れた。看守が言った通り、そこまで不潔ではなさそうだったが、清潔とも言い難《がた》い。奥に石製の長椅子があり、天井近くに小さな窓がついているだけである。雨のせいで、その窓からもろくな光は入ってこないため、薄暗い。

レインは椅子に腰かけ、足を引き上げて床につかないようにした。両足を抱えて、膝に額をつけて丸くなった。

石に直《じか》に座っているために、少しずつ寒さが忍び寄ってくる。外は雨が降り続けているし、これでは夜間はどうなってしまうのだろう。

彼女はそっと紐とブレスレットを撫でた。

『約束してくれるか？』

こんな時に耳に蘇るのは、シグルトの言葉だ。

『明日を生きるため、生き延びるためなら君を抱く』

『俺のものだ』

『そして俺は君のものだ』

『絶対に離さないからな』

『俺の心はずっと君の側にいる――』『約束』を忘れないで』

（『約束』したわ。それに、シグルト様は私を追いかけるって言ってくださった。もう何日も経《た》っているもの、きっと近くまで来てくださっているはず）

レインには何の力も権限もない。

今回だって彼女は逃げる道すら用意されていなかった。

（でも、その選択を後悔しないわ。だって……陛下は明らかに挙動がおかしかった。私が戻らなかったら、竜人の国に攻め入っていたのに違いないもの）

色々なしがらみにがんじがらめにされ、彼女はここに戻ってくるしかなかった。だがシグルトは違う。彼はレインのため、そしてレインが守りたいと思ったガラルの国民たちのことを考えて動いてくれるはず——彼女はそれを信じた。

（だけどもしシグルト様のご迷惑になるような事態になったら私には最後の手段が——）

ギイと重い扉が開く音がしてから、コツコツと足音が響いた。看守が戻ってきたのかと思って、レインは顔を膝からあげる。看守に自分が落ち込んでいるなどと思われたくなかった。これはレインの最後の矜持《きょうじ》だ。

足音が止まると、その人物が誰かに気づき、レインのオパールグリーンの瞳が大きく見開かれる。

「忠告したのに、なんで戻ってきた」

そこには悲しげな顔をしたフィッツバードが立っていた。

レインがぽかんとして見つめていると、フィッツバードは髪をぐしゃぐしゃにかきむしった。

「戻ってくるなと言ったのに……！　手紙を受け取らなかったのか？」

ためらいがちにレインは口を開いた。

「受け取りました」

「じゃあ、どうして！」

そこで彼女は口を引き結んだ。レインが答える気がないと気づいたのかフィッツバードが大きなため息をつく。

「看守には金を握らせた。どうしてか急用を思い出し、三十分ほど席を外している。だからここには俺とお前だけだ」

「……」

「どうせお前は……色々なことを考えすぎて戻ってきてしまったんだろう。だが……俺にはお前に逃げて欲しかったよ、自分のことだけを考えて欲しかった」

彼はうなだれてしまった。

「お前に陛下がどんな風に圧力をかけ続けていたかは、見なくても分かっている。お前よりはましかもしれないが、俺も籠の中の鳥だ。それも両親を盾にされて、下手《へた》な動きが取れない」

レインははっとして、口を開いた。

「でしたら、ここにいらっしゃるなんて……！」

「分かっている！　だが、お前が戻ってきたと知って居てもたってもいられなかったんだ！」

牢の格子《こうし》を掴んで、フィッツバードが呟いた。

苦しげで、悲しげな響きだった。

「子供の頃から、お前のことが気になって仕方なかった。ずっと寂しそうな顔をして――俺がお前を笑顔にしてやりたかった……だが……結局俺に許されていることなんて何もない……」

彼がぐっと格子を握りしめる。

「俺は無力だ。手紙を送っても結局こうしてお前は戻ってきて――」

「いいえ」

レインが首を横に振ると、フィッツバードが揺れる瞳を彼女に向けた。

「貴方がお知らせしてくださったお陰で、私は状況をきちんと把握することができました」

「だったら、どうして戻ってきたんだ……。陛下はもう正常な判断が下せる状態ではない。極度の緊張状態が続いたせいで、浴びるように酒を飲んでいるし……おそらく、なにかの薬も飲んでいる。誰の声ももう届かない。誰ももう止められない」

ガラルの国は、竜人の国とは異なり、王に権力が一点集中している。形ばかりの議会や教会も、王の前では何の抑制力にもならない。こうして王が暴走し始めてしまうと、誰も、何も止めることができないのだ。

「……それでも、ガラルと竜人の国の人たちは何も悪くありませんから」

ぽつりとレインが呟くと、フィッツバードががしゃんと牢の格子を揺らした。

「だがそれはレインが犠牲になったって何も変わらない。その後で陛下はきっと――」

「フィッツバード様」

レインが彼の名前を呼ぶと、フィッツバードは口をつぐんだ。

「フィッツバード様のお手紙、本当に嬉しかった……。私のことをお嫌いではなかったのだな、『見えない』存在だった私を気にかけてくださっていたのだな……と知れて……」

レインは一度言葉を切った。

「ですが……私は戻る選択をしました。私……竜人の国で皆様に大切にしていただけたのです。『見える』ように扱ってくださっただけではなく、私という存在そのものを受け入れてくださった。そう思ったら、やはり彼らを危険に晒《さら》すようなことはできません。実際私が戻ってきたことで、陛下の意識が一時でも逸れましたもの」

訥々と語りながら彼女はそっと自分のブレスレットを撫でる。

「きっと『彼』ならば、絶対にこの状況を変える手立てをもっていらっしゃると私は信じています」

シグルトがこの状況を変える手立て――それは、ガラルの国を脅かすものかもしれない。

フィッツバードにここまで自分の想いを明らかにしていいかどうかは賭けだったが、彼は口外しないだろうという自分の直感を信じた。

(きっとフィッツバード様は、ガラルの国から逃げたがっているはず……今ならまだ間に合うから、逃げて欲しい)

「『彼』、か……」

予想通りフィッツバードは彼女を責めることなく、ただ力なくうなだれただけだった。

「君は、その人を……」

フィッツバードが『彼』の正体について見当がついているのかは分からないが、レインはこれ以上明確な言葉にするつもりはない。だからレインはただ黙って、フィッツバードを見つめた。

しばらくフィッツバードも無言だった。やがて彼は姿勢を正すと、自分のジャケットを脱ぎ始める。彼はそれを牢の格子の合間から、中に落とした。

「ああ、しまった。上着を落としてしまった。牢の中に落ちた上着など不潔でもう必要ないから、そのままにしておくよう看守に伝えておく」

「え……？」

フィッツバードが目元を赤らめながら早口で続けた。

「『彼』、とやらが来るまでに凍え死んだら意味がないだろうが」

彼女はふらりと立ち上がり、その場でカーテシーをする。

「ありがとうございます、フィッツバード様……！」

「……！」

レインの顔を見て、フィッツバードが信じられないと言わんばかりに鋭く息を呑む。

「まさかお前、笑えるように……？」

レインは瞬いた。

「私、笑えていますか？」

「あ、ああ……」

フィッツバードが食い入るように見つめている中、レインはもう一度微笑んだ。

「でしたら、すべて『彼』のおかげです」

「……そうか……」

フィッツバードが踵を返そうとしたので、レインは口を開いた。

「フィッツバード様、どうかお体を大切に。どうぞ、これからもお健やかに」

以前、廊下では遠目でしかかけられなかった言葉。

レインがそう言えば、フィッツバードは歪《ゆが》んだ笑みのようなものを浮かべた。


フィッツバードが置いていってくれたジャケットは上質なウール製だった。

長い長い夜を、彼女は竜人の国での出来事を一つずつ丁寧に思い返すことで乗り切った。どの思い出にも、シグルトが登場した。そうして彼のことを思えば、どこからか力が湧いてくる。

(シグルト様に、もう一度会いたい……！)

かじかみかけた手を握りしめ、レインは思いを新たにする。

寒さでほとんど眠れなかったが、明け方ほんの少しだけうとうとした。

短い夢を見た――レインはシグルトと一緒に果物を食べていた。そういえば王宮に到着してから、まともな食事は何一つ与えられていない。だがこんな状況で供されても、きっと味はよく分からないだろうが。

(シグルト様が用意してくださるものはどれも美味《おい》しかったな)

決して豪勢なものでなくても、二人で食べればなんでもご馳走《ちそう》になった。

(シグルト様がまたたくさん召し上がる姿を隣で見たいわ)

目を覚ました彼女は、寒さに震えながらそう思った。明け方はとてつもなく冷え込んだが、フィッツバードのウールのジャケットのお陰で凍え死ななくて済んだ。

(フィッツバード様に祝福があらんことを)

それから彼女は、竜人の国に向かう馬車の中で同じように凍えてしまったことを思い出した。シグルトに抱きかかえられ宿屋に入り、白湯《さゆ》をもらった。それから彼が温めた石をくるんだブランケットを足元に置いてくれて――抱き寄せてくれたことを。

（シグルト様……）

しばらくして看守の足音が響き、レインは顔をあげた。

「陛下がお呼びだ」

吐き捨てるように短くそれだけ言うと、看守が牢の鍵を開ける。レインは彼女を救ってくれたフィッツバードの上着を丁寧に畳むと、石の椅子に置いた。

「さっさとしろ。陛下がお待ちだと言っているだろうが――」

苛立《いらだ》たしげに看守に声をかけられ、レインは振り返る。真正面から初めて彼女の顔を見た看守が途端に口ごもった。

「あ……、まぁ、分かっていればいい……」

すっと背筋を伸ばしてから、レインは牢の外に出た。

☆

昨日とは違う私室に通され、部屋には濃厚なアルコールの匂いが立ち込めていた。そして昨日の短い謁見でも王の様子がおかしいことは十分うかがい知れたが、今朝は輪をかけてひどかった。

「お前が城内にいるというのに、どうして未だに雨が降り続いている」

人払いを済ませた後、がたがたと震えながら王は呟く。

「お前、何をしに帰ってきた？」

グラスに入った白ワインらしきものを王が飲みながら、彼女に問う。思えば、彼がレインに何か答えを求めるのは随分久し振りのことだ。

「王のご命令のままに戻ってまいりました」

静かな口調で返事をすると、王が怯えたように身を捩《よじ》った。

「嘘《うそ》をつけ。私のせいにするな」

「真《まこと》でございます」

「私を罰するために帰ってきたのだろう！」

「まさか」

落ち着き払ってレインが答えると、王の身震いがますますひどくなった。

「私は騙《だま》されない……！　お前が竜人の国に去ってから、ガラルの神が夢の中に出てきて言うのだ。『我の愛し子をなんという目に遭わせるのだ』と。お前が生まれた日だってそうだった！　私が捨て置けと命令したら、そんなことをしたら許さないと神が枕元に立ったのだ」

（陛下は……何をおっしゃっているの……？　ガラルの神が……なんですって？）

王の口から神について聞くのが初めてのことだったレインは内心首を傾げた。

「それがなければとっくにお前なんか母親と共に捨て去っている！　毎度毎度どうしてかお前を害そ

うとすると神からの邪魔が入る……だがずっと目障《めざわ》りだった。ようやく竜人の国に追い払えたと思ったのに！　今度は天候で私を苦しめる」

錯乱したかのように、口角に泡をためて叫ぶ王の手からワイングラスが滑り落ち、その足元で粉々に砕け散った。王はそのまま両手で顔を覆う。

「やはり神はお怒りなのだ……お前を竜人の国にやると決めてから雨が降り続けているのが何よりの証拠だ！　かといってお前を呼び寄せたが、雨がやまない！　神は私を罰しようとしてらっしゃる」

そのまま王の動きが止まる。

部屋の中を静寂が満たし、王の荒い息遣いばかりが聞こえた。彼の目の焦点は合っていなかった。

レインが息をつめて成り行きを見守っていると、突然王が立ち上がる。

「もう十分だ。私の手で全てを終わらせてやる——来い」

無表情になった王がレインの目の前までやってくると、彼女の腕を掴んだ。


ひきずられるように廊下に出ると、控えていた使用人たちが驚いたように二人を見る。だが他ならぬ王に、誰も何も言えずに立ち尽くすのみだ。王は彼らのことなど一瞥《いちべつ》もせず、その前を通り過ぎる。

「雨、雨、雨……。レインさえいなくなれば全て終わる。待っているのが破滅でも構うものか！　私しかこの雨を止めることができる者はいない」

小声でぶつぶつと呟き続ける王の言葉は支離滅裂《しりめつれつ》で、正常な判断ができる状態ではないのに違いない。レインはなんとかして状況を打開しなくてはならないと必死で考えていた。

(こうなったら隙《すき》をみて逃げるしかない……)

だがそうすると王は、レインが反逆したとみなすだろう。騎士たちをけしかけ、レインを斬り捨てる可能性が高い。けれどこのままでも、もしかしたら斬り捨てられるよりも悪い状況が待っているのに違いない。

千鳥足の王は廊下を進んだ。通りすがる使用人たちはみな見てはならないものを見たかのような脅えた表情で道を空ける。

「神……そうか、外の方がいいな」

そう呟いた王がふと進路を変え、中庭に出た。

辺りは明るいが依然として雨が降り続いている。みるみるうちに濡れそぼっていくが王はまったく構わない様子で足を進める。

「ガラルの神の御許《みもと》に送るならば外でないといけないな、ははは。どうやっていたぶろうか。罪人になるならとことん罪人になってやる」

打って変わって笑い始めた王に、レインは恐怖を感じた。王の目は血走り、雨が顔を打ってもまったくお構いなしに笑い続けている。

突然王がレインを見下ろした。

「おい、お前に渡したネックレスを渡せ。役立たずのお前が、シグルトを暗殺するのに使えなかったあのネックレスだ」

レインは震える声で聞き返した。

「何におつかいになられるおつもりですか？」


「何にお使いになられるおつもりですか？」

雨はますます激しくなり、遠くで小さく雷鳴が響いた。

王がほくそ笑んだ。

「お前に言うつもりはない。早くしろっ！」

「……お手を離していただかなければ、お渡しできません」

猜疑心《さいぎしん》に満ちた王の眼差しが、レインを射すくめた。

「その手には乗らない。手を離した隙に、逃げるつもりだろう」

ここに至って、恐怖を越えてレインは冷静になった。

「一体私がどこに逃げるのです？」

その問いかけは、どうしてか王に届いたらしい。唸《うな》った彼が一本ずつ、レインの腕から指を離した。

レインが震えの止まらない手でネックレスを外すと、ずっと彼女を苦しめてきた金の鎖がじゃらりと鳴った。

（きっと私に中の毒を飲め、とおっしゃるんだわ……）

「寄越せっ」

渡しかねているうちに王の手が伸びてきて、彼女からネックレスを奪った。

「これさえあれば……！」

嬉々《きき》として王ががちゃがちゃとネックレスを触っている音が聞こえてくる。

（逃げなくては……！）

シグルトとの約束を守るためにレインはこのまま諦めるつもりはない。ネックレスに夢中になっている王に気づかれぬよう、一歩後ろにあとずさる。少しでもシグルトを近くに感じたいと彼女はラピスラズリの宝石がついているブレスレットを自分の頬にあてた。

(シグルト様、私を守っていてください!)

彼の名前を心の中で叫ぶと、辺りが白い光に満ちた。

「な、なんだ……!?」

王の驚きの声と共に、レインの耳に誰よりも愛しい人の声が聞こえた。

「レイン」

瞬きをすると、今まで誰もいなかったはずの空間に、シグルトが立っていた。

「シ……シグルト……様?」

「ああ。ブレスレットを使ってくれたんだな」

シグルトは一瞬たりとも躊躇わなかった。彼は数歩で二人の前にやってくると、レインを自分の方へ抱き寄せた。王が呆気《あっけ》にとられて、突然現れた隣国の宰相を見上げる。

「シグルトだと!?」

「陛下、何をなさっているんです」

シグルトの声には凄まじい怒りがこめられ、彼女を護るように抱きしめている腕は力強かった。いつもの柑橘類の香りがして、本当にシグルトがここにいるのだと知れた。レインの瞳が潤み始める。

(来て、くださった……!)

「大体誰が貴様を城内に導いたんだ」

「誰も」

「……なんだと？」

「それよりレインに何をしようとなさっていたんです」

「！　か、関係ないだろう。私が自分の『娘』に何をしようとも、お前には！」

「関係ありますよ」

シグルトは静かに答えた。

「レインは私にとって誰よりも大切な人です」

「は？」

王が呆然としてシグルトを見やる。

「それからこれは私たちの推測ですが――レインはガラルの神に愛された聖女ではないかと考えています。陛下ならご存知でしょう？」

一瞬で王の顔が蒼白になった。

「ま、まさか、この娘が、せ、聖女などと……そんなわけはない。ガラルの国に聖女などいないのだ」

王がどれだけ否定しようが、シグルトは冷静なままだった。

「聖女、という言葉は適切ではないかもしれませんね。でも間違いなく、ガラルの神はレインを愛している。――このやまない雨がその証明をしてくれるはずだ」

シグルトがレインを見下ろす。雨に濡れそぼっていても彼はいつもと変わらず凛々《りり》しかった。

「レイン、この雨がやむようにガラルの神に祈ってくれないか」

「……え？　私が、ですか？」

シグルトが励ますように続ける。

「ああ。難しいことは考えなくていい。心の中で、神に祈ってみろ」

「や、やめろ……そんなことはしなくていい……するな、するんじゃない」

王が脅えたように呟いた。

「レイン、やってごらん」

静かにシグルトに促されて、彼のラピスラズリの瞳を見つめる。

「分かりました」

「やめろ、やめろやめろ！」

悲鳴をあげた王に構わず、レインは心の中で神に祈りを捧げた。

(ガラルの神様、もし私の言葉が届くのでしたらどうか雨をやませてください。これ以上ガラルの国民を苦しめたくないのです)

——すると。

「うそだ、うそだうそだ！　信じない、私は信じないぞ……！」

王が恐怖に駆られたように叫ぶ。

レインは唖然《あぜん》として空を見上げた。

先ほどまで雷が鳴り響いていたほどの雨が一瞬でやみ、雲の切れ目から太陽がのぞいていた。

「やはり、そうか……」

シグルトは空を見上げながら感慨深げに呟いた。

「半信半疑だったが、俺たちの想像通りだったな」

シグルトは再び王に視線を戻した。

「別に信じないと何度おっしゃっていただいても結構ですが」

それまで叫び続けていた王の動きが唐突に止まる。

「先ほども申し上げましたが、貴方はご存知だったのではありませんか？」

レインがウルリッヒ三世に視線を送れば、王は顔色を失ってただそこに佇《たたず》んでいた。

「……知るわけが、ない」

「そうですか。ではどうしてレインを周囲から隠していらしたのです？」

「隠して……など……っ！」

王がぎりっと歯を食いしばった。

「隠していたものの、あまりにも長い間何も異変がなかったために、本当にレインが神の愛し子なのか疑っていらしたのでは？」

王は何も答えない。

「貴方は彼女を周囲から『見えない』扱いをしていただけではなく、散々レインに悪態をついていたようですが、何事も起こらなかったのも関係しているかもしれませんね。だがそんな扱いは、俺がいたら絶対に許していなかったが」

シグルトが切り裂くような視線で、王を睨みつける。王がたじろいだ様子で、視線を逸らす。

「我が国にレインを差し出したのも、何もなければ万々歳、何かあったとしてもレインを『奪った』竜人の国に神の怒りが落ちると期待していたのかもしれないが、結果はどうだ。神の怒りに触れたのは、ガラルの国だと貴方は知った。皮肉なことに貴方の娘の名前の通り、雨が降り続くことになった」

「……」

「ガラルの神はご意思を示すために雨を降らせ続けたのでしょうね。民衆も不審に思い始めて、どうしようもなくなった貴方は慌ててレインを呼び寄せた。違いますか、陛下」

そこでシグルトはレインをもっと近くに抱き寄せ、王の手が届く距離から遠ざけた。

「レインを国民への見せしめにする意図もあったかもしれないが、まずは彼女が戻ってくれば神の怒りが収まり、雨がやむと考えていたのでしょう？　けれど彼女が戻ってきてもやまないものだから、次は強硬手段に出ようと？」

「……黙れ」

だがもちろん、シグルトが黙るわけがない。

「貴方のような人間が考えることは、想像がつく。『元凶のレインがいなくなればいい』と短絡的な結論に飛びつき、レインを害そうとしたのでは？　後のことはもう知らないとばかりにね。人の上に立つべきではない、身勝手で無責任な人間だ」

「お前に何が分かる……！」

「分かりませんし、分かりたいとも思いません」

シグルトが冷たく言い放つ。

「だがレインは私の娘だ。もしお前の言う通り、ガラルの神の愛し子だとしたら、竜人の国にこのまま置いておくわけにはいかない」

「へえ、面白《おもしろ》いことをおっしゃる」

レインが彼のシャツをぎゅっと掴むと、シグルトの腕がしっかりと彼女に回された。王が名案を思いついた、とばかりに両手を広げる。

「そうだ、ガラルの神の愛し子は純潔のまま、一生神に仕えていけばいい。そうすれば神の怒りを買うこともない。だから今後はレインを修道院に送ることにする。そうだ、最初からそうすればよかったのだ。私としたことがなぜ気づかなかったのか」

「先ほどガラルの国には聖女はいないとおっしゃっていたのに？　それに残念ながら、もう手遅れでしょうね」

「は？」

ぽかんとする王に対し、シグルトはゆっくりと言葉を続けた。

「ガラルの神は私をレインの伴侶《はんりょ》として認めてくださったはずです。何故《なぜ》なら彼女が『処女でなくなっても』、竜人の国に天災は起こらなかったし、今だってレインは雨をやませることができた。さて私から引き離してレインが悲しめば、ガラルの神はどうなさるでしょうね？」

「レイン、の、伴侶……？　処女、で、なくなっても……だと？」

王が充血した目を見開く。彼はうつろな眼差しで、護るようにレインを抱き寄せているシグルトと寄り添っている彼女を交互に眺めた。

「はい、そうです。レインはガラルの国には戻りません。優しい彼女は、この国が天災に襲われることを願わないでしょう。陛下が大人《おとな》しくしていてくれさえすれば、ですが」

私の言っている意味がお分かりですよね、とシグルトが念を押せば、王がへなへなとその場に座り込む。

レインは繰り広げられている会話をなんとか追うので精一杯だった。

（シグルト様は、なんとおっしゃって……？　私が、私がなんですって……？）

「レイン、大丈夫か？」

だがその混乱もシグルトに声をかけられると、一瞬でかき消えた。

レインの両の瞳から安堵の涙がこぼれて落ち、彼女は必死で泣きやむように努力した。そんな彼女を、シグルトがその逞しい体で慰めるように抱きしめてくれる。

「よく頑張った。もう大丈夫だ」

「はい、……シグルト様が、来てくださったから……」

「間に合って本当に良かった」

ぎゅっと彼にしがみつくと、レインはようやく助かったのだ、という実感が湧いてきた。

「……何故だ、私は何を間違ったのだ……何が、何がいけなかったんだ」

地面に座り込んだ王が呻《うめ》き続けている。

そこへ、王の異変に気づいた騎士たちが中庭に走り込んできた。

「陛下、この者たちを捕らえましょうか!?」

王の前に護るように立ち並び、またシグルトとレインを取り囲んだ騎士たちに向かって、ウルリッヒ三世が首を横に振る。

「いい。この者たちは罪人ではない。絶対に手を出すな。丁重に扱え」

一瞬騎士たちは怪訝《けげん》そうに顔を見合わせたが、すぐに返事をした。

「……はっ」

すぐさま騎士たちは数歩後ろに下がる。

王はよろよろと立ち上がり、シグルトたちの目の前まで歩いてきた。

「それよりお前なら分かるだろう。私は何を間違えた？」

シグルトが王を見下ろす。

その眼差しには侮蔑と共に憐《あわ》れみも含まれていた。

「ただレインを愛せば良かったのです――怖がるのではなく。それだけで良かった」

「……ただ、愛す……？」

「陛下、考えてみてください。今後も表面上は何も変わらない。陛下は陛下のままで、レインがこの国からいなくなるだけだ」

シグルトがそう続けると、王がどろりと濁った視線で二人を見上げた。

「神の怒りを買った私が、今後何事もなく生きられる……だと……？」

自分の知ったところではない、とばかりにシグルトは肩をすくめた。

「はは……はは……そうか、何事もなく生きられる……はは……そんなわけはないだろうに……！」

何がおかしいのか、王が笑い始める。

次のウルリッヒ三世の動きにレインは目を見張った。

「陛下、なりません！」

レインの制止も虚《むな》しく、王は手に持っていたネックレスの中の薬を一気に飲み干した。

「ぐあああああ！」

地面にもんどり打ち、苦悶《くもん》の表情を浮かべたウルリッヒ三世がすぐに静かになり、辺りは騒然とした。すぐに騎士たちによって王は王宮の中へ運ばれていき、飛んできた宰相によってシグルトと共にレインは王宮に留め置かれることとなった。


レインにはそれから数日の記憶がない。シグルトの腕の中で気を失ってしまったからだ。彼女はそのまま高熱を出し、寝込んでしまった。目が覚めた時にも、シグルトが側にいた。

☆

「毒の耐性が凄《すご》かったんだってね、あの王サマ。竜人ですら一発で死ぬかもってくらいの強い毒だったんでしょ、あれ。なんか小さい頃から毒に慣らしていたのが功を奏したらしーね」

ディーターがソファにだらしなく腰かけながらそう言った。

シグルトがガラルの国の宰相に言い張り、レインと同室にしてもらった客間にディーターは毎日訪れる。本来であればディーターのような竜人がのんびり王宮内を歩いているのは由々しき事態なのだろうが、今やそれどころではないため放って置かれているようだ。

それくらいガラルの王宮は混沌《こんとん》としている。

「一週間くらい意識がなくて、目が覚めたら精神が退行しちゃってたんだって。幼児くらいの認識能力しかないらしいってさ。まぁこの一年近くずーーっと錯乱してたから、周囲もその方が本人にとって楽なんじゃないかってほっとしているみたいだけど。なーんか哀れな話だよねえ」

しかもどうやって手に入れてきているのか、ディーターは詳しい情報をよく知っているのだ。

「今回の件で、ガラルの神が怒った祟《たた》りなんじゃないかって王太子が怖がっちゃって怖がっちゃって……。とりあえず王弟が補佐についてなんとかって状態らしいね～。そんなんで将来大丈夫かねぇ、王太子も、ガラルの国も～」

（王弟殿下となると、フィッツバード様のお父様……）

いつでも控えめで、一歩下がっていた王弟の姿を思い返した。レインはもちろん、王弟であるフィッツバードの父と話したことはほとんどない。だがこれで少しはフィッツバードの置かれている状況もよくなるだろうか。王太子に関しては、王弟よりももっと接点がなく、線の細い真面目そうな青年だ、という印象しかなかった。

「ディーター。いい加減口を慎め」

シグルトがディーターを諫《いさ》めた。

「ごめん。レインさんに申し訳ないね」

ディーターがいつものように素直に謝罪をしてくれて、レインは首を横に振る。

「それで、どうするんだ？　今日の午後にでも宰相と王弟と話し合うんだろ？」

「ああ。ひとまず食糧援助を申し出るつもりだ」

「えっ⁉」

ディーターだけでなく、レインもシグルトを驚きの眼差しで見つめた。

「俺の伴侶の故国だ、捨て置くわけにいかない。食糧援助と引き換えに、いくつか新しい条約を結んでくる。まぁこの辺りはイルドガルド様にはすでにご賛同いただいている」

しかしディーターは、シグルトの『伴侶』という言葉にだけ反応した。

「えっ、は、は、伴侶！！？？　そこまで話が進んでいたの、いつの間に⁉　あれ、そうだったの！？？！　えっと、いつから⁇」

大げさに驚くディーターを、シグルトは胡乱《うろん》な目で見やった。

「知らなかったのか？」

「知らなかった‼」

「ジュリアナなんて、最初から俺の想いに気づいていたというのに？」

「えっ、そうなの？　最初からって、いつ？　どうしてあいつ俺に言ってくれないんだろ⁉」

「……お前、一生ジュリアナには勝てないな……」

シグルトがしみじみと呟いた。


シグルトと、ガラルの国の宰相や王弟との話し合いは深夜にまで及んだ。

シグルトが部屋に戻ってきた時にはレインはすでに眠っていたが、彼がベッドにもぐり込んできた気配で目を覚ました。

「どうなりましたか……？」

彼女をぎゅっと抱きしめて、シグルトが短い息を吐く。

「問題ない。明日には竜人の国に帰れる」

竜人の国に帰れる、と聞いてレインの心に浮かんだのはまじりけのない喜びだった。

「陛下のご体調は？」

「どこまで快復するかはまだ未知数らしいが、とりあえず命の危機は脱したようだ。ディーターの言う通り、やはり精神退行は見られるようだな」

レインの髪をシグルトが優しく撫でる。

「君にとっては父親だものな。心配だろう」

「正直に言えば、分かりません。私は薄情ですね……」

レインは竜人の国で出会った人々を思った。

彼らは血の繋がりよりも、目の前にいる人たちを大事にしていた。レインのことも大切にしてくれた。彼らや彼女たちの誰かが命の危機に瀕《ひん》していたら、レインはきっとどうにかして助けようと懸命になるだろう。

——王に対してその気持ちが湧いてこないことに、レインは罪悪感を感じていたのだ。

「そんなことはないだろう。父親だからといって愛さないといけないという理屈はない。そもそも彼は君にちゃんと愛を与えてこなかった」

「……はい……」

「君は、王が毒を飲もうとすることに気づいて必死に止めていたじゃないか。彼は毒を飲むことで全てから逃げた。別に死ぬ必要なんてまったくなかったんだ、彼は自分だけ楽になりたかったんだよ」

シグルトがぎゅっと彼女を抱き寄せる。

「俺のように血を分けた家族がいない人間が何を言っても説得力はないかもしれないが……君は王を助けようとした、それで自分を許してやれ。どうかもう泣かないで」

「私、泣いていますか？」

「ああ、ずっとね」

ちゅっとシグルトが彼女の眦《まなじり》にキスを落として涙を吸い取ってくれた。久し振りの彼からの口づけに、レインの身体が小さく震える。

（シグルト様にこうしていただくと、安心する……）

彼女が体の力を抜いたことに気づいたシグルトが、顔中にキスを落としてくれた。優しい、ついばむだけの口づけを最後に唇にすると、自身の額を彼女の額にくっつける。

「続きはまた、『俺たち』の国に戻ったらな?」

はっとしたレインに、シグルトが微笑みかけた。

「ようやく泣きやんだ。さあとりあえず今は寝よう。話は、明日帰りの馬車の中でしたらいいから」


翌朝早くに、王宮を発《た》った。

意外なことにフィッツバードの父である王弟が見送りに来た。

王弟がレインと二人きりで話したいと望むと、シグルトは一瞬眉間に皺を寄せたが、自分が見張れる場所であれば、と了承した。

馬車から少し離れた場所で、レインは王弟を見上げる。彼はフィッツバードによく似た容姿だが、物腰はずっと柔らかい。

思い返せば彼はレインに話しかけはしないが、視線を逸らさなかった数少ない人物だった。

「君の命を危険に晒したことを心から謝罪する。シグルト殿が気づいて未然に防いでくれなかったら……至らない私たちを許して欲しい」

自身も王の仕打ちに耐え忍んでいただろう王弟が、頭を下げる。

まだ複雑な想いが渦巻いているレインは許すとも許さないとも言葉にできなかった。

「お気持ちは受け取りました」

けれど彼女に謝罪するべき人物は王弟ではない。

「うん……。それから君がガラルの神の愛し子であろう件だが、私と王太子、それから宰相しか知らない。シグルト殿とも協議して、公表しないことになった」

レインが頷くと、王弟は表情を改めた。

「今まで君のことを『見えない』ふりをして、勇気を持って手を差し伸べなかった私にこんなことを言う資格はないが……この国を変えていくつもりだよ。二度と『見えない』存在を作り出してはならない」

淡々と王弟が続ける。

「もともと兄には不安定なところがあったが、その兄が生まれながらに王太子だからという理由だけで権力を手にするこの国の制度は改められるべきだ」

「……」

「兄は君が神の愛し子だと気づいて、長年脅えていたんだろうね。疲れ果てた兄が様々な重責から逃げるためにあの手段を取ったとしか思えない。為政者としてはあるまじき姿だ」

王弟が深いため息をつく。

「だからといって私が王としての器である、と言っているわけではない。私も自分の保身ばかりを優先させる弱い人間だ。ただ変革の時期がやってきたんだと思う。国を動かす重責を一人の肩に背負わせてはならない、それは王のためにも、周囲のためにもならないと今回はっきりした」

王弟の眼差しには揺るぎない決意が見え隠れしていた。

今まで自分の意見を押し殺し兄に従っていた王弟に、これだけの情熱が眠っていたことにレインは驚かされた。

「君がガラルの神の愛し子であるというのなら、どうか彼の隣でガラルの国の行く末を見ていてくれ。かならずよりよくするとここに誓う。きっとこれがガラルの神のご意思なのだろう」

レインは瞬き、しばらくしてから頷いた。

「……はい」

馬車の前で仁王立ちのまま腕を組んでいるシグルトに、王弟がちらりと視線を送る。

「シグルト殿は素晴らしい政治家だね。押すべきところを押し通す交渉力を持っていて、引くべきところはきちんとわきまえている。政治家とはかくあるべきだ。彼ならば間違わないだろうね、私たちのように」

王弟の顔に影が走った。

「健やかでいなさい。今後は竜人の国との関係も少しずつ変わっていくだろう。だから気が向いたら……私たちを許せる心持ちになったら、また顔を見せてくれ」

「わかりました。そのうち、きっと、いつか……」

そう答えたレインが微かに微笑むと、王弟がはっと目を見開く。

「レイン、笑えるように……？」

「はい、シグルト様のお陰です」

迷うことなくレインは頷いた。

☆

前回とは違い、シグルトは最初からレインの隣に座った。竜人の国の馬車は、やはりガラルの国の馬車よりも大きく、乗り心地がよい。

「大丈夫だったか？」

「はい」

言葉短くレインが頷くと、シグルトがそっと彼女を抱き寄せた。寄り添うと甘い空気が漂う。レインはシグルトを見上げ、シグルトもレインを見つめている。彼の手が動いて彼女の頬に――。

「はーい、俺もいることを忘れないで！」

ディーターが目の前で大声を出した。

「邪魔だな」

わざとらしくシグルトが舌打ちをした。

「シグ～～、俺頑張ったよ、色々と⁉」

「……まぁ、そうだな」

シグルトは渋々といった様子で認めた。

「それでどーなったのか、俺にも聞かせてよ」

ディーターが自分の膝をばんばん叩きながら言う。

事前にシグルトに入っていた情報は、やまない雨のせいでガラルの国が不穏な空気になっていること、王が精神的に不安定になっていそうだということ、レインを呼び寄せて良からぬことを考えていそうだということ。

シグルトがレインと共にガラルの国に向かうのを断念したのは、彼の登場に刺激された王がレインに害をなすかもしれない、と考えたからだった。ウルリッヒ三世がシグルトに対して並々ならぬ執着を持っていることを彼は知っていた。

「君に俺を暗殺するための毒が入ったネックレスを持たせていただろう？」

レインはぴくりと震えた。

「やはりご存知、でしたか……」

「ああ、最初からね。君がずっとネックレスを気にする素振りを見せていたから」

「……！」

「だが君がそれを使う気がないことも、知っていたよ。君の『色』はずっと綺麗なままだった。『色』を見ずとも、君のことを知れば知るほど、レインが俺に毒を飲ませるつもりがないことなんて一目瞭然だったが」

シグルトが静かに続けた。

「だからこそ君をガラルの国に帰すものかと思っていた。俺を殺せなかったことで、王に責め立てられた君はその毒を呷《あお》るつもりだったろうから」

ぎゅ、とスカートを握りしめたレインの手の上からシグルトの大きな手が重ねられる。

「しかし君を信じることにした。君が明日を生きたい、と思ってくれると」

（だからシグルト様は、私におっしゃっていたんだ……）

『君が、明日を生きるため、生き延びるためだったら俺はレインを抱く。——約束してくれるか？　君の思い出のためだったら絶対ごめんだ』

何度も確かめるかのように、生きるのを諦めるな、と彼が伝えてくれていたのは事情を知っていたからだったのだ。レインの胸は熱くなった。

シグルトは全てを知っていた上で、レインを求めてくれたのだ。

彼女は両目をぎゅっと強くつむった。

「ガラルの王様はそんなことをレインに強要していたの？　なんてクソ野郎だ」

ディーターの暗い声が響く。

「クソ野郎……、レインに聞かせたくない言葉だが、この場合は正しいな」

「シグはレインさんについてどれくらい知っていたわけ？」

「レインに関しては慎重に情報が隠されていてな。だが最初からおかしいなと思ったんだ。土砂降りだった雨が、レインが王宮の外に出た途端にやんだりしていたから」

（ああ、そう言えばそうだったかもしれない）

レインはつむっていた目を開けて、シグルトに視線を送った。

「今思えば、ガラルの神はレインの出立を祝福していたのだろう」

「それでシグはいつレインさんがガラルの神に愛されてるって知ったの？　最初から？」

「いや、違う」

シグルトが、レインがガラルの神の愛し子であることに気づいたのは、マーシャの告白からだった。

（マーシャ……？）

突然自分の側仕えの名前が出てきて、レインは驚いた。けれどシグルトは今はマーシャについて話すつもりはなさそうだった。

「その話はあとで彼女に許可を得てから話すことにさせて欲しいのだが、それでイルドガルド様にもう一度会いにいったのだ」

「イルドガルド様にですか？」

レインが思わず口を挟むと、シグルトが頷く。

「ああ。イルドガルド様に近い者なら皆知っているが、彼女は竜人の国で一番の魔術師なんだ」

「えっ……!?」

ぽかんと口をあけたレインにシグルトがにっこり微笑みかける。

「驚いた顔が本当にかわいいって、今日はもう言ったかな？」

「待って、シグが壊れた」

ディーターが再び膝をバンバンと叩いた。

「もともと君のブレスレットも、イルドガルド様に頼んで魔術がかけられていた。必要な時に君の側に召喚されるようにと。そのブレスレットがなかったら、いくらディーターが供についているとはいえ君を一人で行かせられなかった」

（そこまで考えてくださって……！）

おそらくすぐにその時は来るだろうと、シグルトは馬車でガラルの国に向かうことにしたという。

「最初はサンダーギルに竜になってもらうつもりだったんだ」

「えっ、サンダーギルに乗ってくるつもりだったの⁉」

心底驚いた風にディーターが尋ねる。

「その方が早いだろ。だが途中で俺が召喚されてしまう可能性を考えると、サンダーギルを巻き込むのが申し訳なくて馬車にしたんだ」

「へー。だからこの馬車がガラルの王宮に到着してたんだね」

「まぁそんなところだ。実はイルドガルド様は、レインに最初に触れた時になんとはなしにガラルの神の気配を感じていたんだそうだ。神に愛されている者特有の輝きがあると感じた、とか」

「すごいな、さすがイルドガルド様！」

ディーターが明るく相槌《あいづち》を打った。

「でもシグは知らなかったんだ？」

「ああ。俺が聞いたのは、発つ前日だ。さすがのイルドガルド様も確信があったわけではなかったし、それに……」

「それに？」

シグルトは一度言葉を切ると、レインの手をぎゅっと握りしめる。

「俺がレインを愛せるか、レインがその愛に応えてくれるか——そこにガラルの神は関係ない。実際ガラルの神も、俺が知らなかった上でレインを愛したことで、真実の愛だと認めてくれたんだろうというのがイルドガルド様の見立てだ」

「……！」

レインとディーターは同時に言葉を失った。

「俺にとって、ガラルの神の愛し子だからレインが大事なのではない。レインだから大事なんだ。ガラルの神と同じくらい……いや、きっとガラルの神よりも俺の方が君のことを愛している」

ぽかんとしてレインがシグルトを見上げると、彼の口元が緩む。

「し、真実の愛⁉　待ってマジでシグが壊れてる」

「真実の愛を真実の愛と言って何が悪い」

ディーターが長い手足をバタバタさせる。

「なんだこの甘酸っぱいの耐えられない。俺このままずっとこの馬車に乗っているのは無理です」

シグルトが苦笑した。

「じゃあどこかキリのいいところで竜になって先に戻るか？」

「え、いいの⁉」

聞けば、ガラルの国の人々を脅かさないように、極力ガラルの国の領空では竜の姿で駆けるのは控えているというのだ。

「今日は特別だ。皆、久し振りの雨がやんだことで忙しいだろうしな。人目につかない場所からなら構わないいさ」

「やった！　じゃあそうする」

途端にウキウキしだしたディーターのお陰で、そこからの旅路も楽しいものとなった。ディーターは途中下車をして、森の中にある野原で赤い鱗を持つ竜となって飛び立った。竜になったディーターも、どうしてかディーターだと分かる顔立ちだった。

『先に帰ってるね〜！　どうぞごゆっくり〜〜』

凄まじい旋風を巻き起こしてディーターが空を駆けていく。聞けばここから馬車で数日かかる距離でも竜の姿ならば、あっという間に到着してしまうのだという。

「わぁ、すごいですね」

ディーターの姿を見送るために空を見上げると、日差しが眩《まぶ》しくて目を眇《すが》めた。もう雨はすっかりやみ、うららかな光が差し込んでいる。

「俺は竜になれないから、彼らが羨《うらや》ましいよ」

隣でシグルトがぽつりと呟く。

「人に近い自分の体を恨めしく思ったことがないではないが……」

彼はレインを抱き寄せた。

「そのお陰でレインと同じ時を生きていけるのならば、人に近いことも悪くないな」

シグルトはそう呟き、彼女の額に唇を落とした。

六章 「レインの大切な人たち」

それからの帰路はのんびりとしたものだった。

前回とは違い、宿屋に泊まった。

『一年前はとにかく一刻も早くレインを連れて帰ることしか考えていなかったからな』

などとシグルトは言っていたが、前回はサンダーギルやグリフォードなどが供をしていた。シグルトより遥かに体格の良い、明らかに竜人らしい彼らのことを思っての配慮だったとも思う。

どの宿屋でも、突然やんだ雨についてと、それから危篤状態の王の話題でもちきりだった。

「さすがに最新情報はここまで届いていないか」

宿屋のベッドに座りながらシグルトは言った。

「最新情報、ですか？」

「ああ、王の命に別状がないことと、国の新体制についての知らせがここにも届くだろう。あと、竜人の国との新しい関係についても」

食糧援助をすると持ちかけたシグルトは、竜人の国との友好関係をガラルの国から公的に発表するようにもちかけたという。またこれまでの竜人への見解を見直すという声明も同時に流すことで合意した。

「もっと自由に行き来できるようになれば、ガラルの国で信じられているような偏見に満ちた竜人像は間違いだって人々も気づくだろう。百聞は一見にしかずってやつだ」

「そうなったら……どれだけ素敵なことでしょう」

「そうだな」

そこでシグルトがレインを手招きする。

「なんでしょう？」

「君に触れたい。俺《おれ》の膝《ひざ》に座って」

ぽっとレインが頬《ほお》を染めると、シグルトが嬉《うれ》しそうに笑う。

シグルトがレインを後ろから抱きかかえると安堵《あんど》したように息を吐いた。

「ああ、幸せだ」

「はい、私も……。あ、あの、シグルト様？」

「うん？」

続きを言うのに、少しだけ勇気が必要だった。

「ガラルの神に愛された私でいいのでしょうか？」

「どういう意味だ？」

「自分で神に愛されている、という意識はまったくないのですが、それでも天候を左右してしまったり、間接的にガラルの国民の命を握ってしまっているようで……」

「どうやらそのようだな」

シグルトが静かに相槌《あいづち》を打つ。

彼の顔が見えなくてよかった、とレインは俯《うつむ》きながら呟《つぶや》く。

「私のこと、怖くありませんか？」

「何故《なぜ》だ？」

シグルトは心底疑問だ、と言わんばかりの口調だった。

「私自身、どうとらえたら良いのか分からなくて……」

ガラルの神に愛されている、という自覚はない。

普段から取り立てて心の中で神に話しかけたりもしていない。だが確かに雨をやませることができたし、王の精神を蝕《むしば》むほどの力を自分は持っているらしい。考えれば考えるほど怖くなってきた。

「そうだよな。突然言われても、怖いよな」

シグルトはレインの思いを理解したかのように優しく呟いた。

「さっきのディーターの反応から分かると思うが、竜人たちは神の存在を近く感じているから、君が神の愛《いと》し子だと聞いても誰《だれ》も怖がらないはずだ。まぁ信仰自体がガラルの国とは違うからね」

彼らの信じている神は、様々なものの中に神が存在しているという考え方だ。

自然を愛し、自然と近しく生きている竜人たちは、神を敬っているが恐れすぎることはない。

「君は本当に純粋で、素直だからな……」

シグルトがレインをぎゅっと抱きしめる。

「俺が思うに、ガラルの神はだからこそ君を選んだんじゃないか。これで嬉々《きき》として力を振るうような人間を神は愛さないだろう」

「でも、もし私が……間違ってしまったら……それが怖い」

「大丈夫だ」

シグルトははっきりと頷《うなず》いた。

「俺はレインを知っている。君は心優しく、愛らしい。君が自分の欲のままにガラルの神に何かを願うとは到底思えない――それに君は忘れているかもしれないが、俺も宰相として竜人の国の民の命を握っているんだぞ」

「！」

「君とは違う意味ではあるがな。それでも君の抱えた苦悩を少しは分かってやれると思う。悩んだ時には俺に相談してみろ、それなりに役に立つはずだ。それにイルドガルド様も偉大な魔術師だから、相談役にはきっと打ってつけの相手だよ」

シグルトの答えは、レインを一人ぼっちにするものではなかった。寄り添い、側《そば》にいつづけることを約束するものだった。

「君は君でいい。そんな君をガラルの神は愛しているんだ――俺と同じように」

振り向くと、シグルトのラピスラズリの瞳が彼女を温かく見下ろしていた。

「シグルト様」

「ん？」

「大好き」

そう言うと彼の瞳《ひとみ》が丸くなったが、すぐに優しく緩む。

「俺もだよ、レイン」

彼の顔が下りてきて、ちゅっと口づけられる。顔を離した時、レインの心から不安が確かに拭い去られていた。

「俺の君への気持ちに関しては心配しないでくれ。それより君は王への気持ちの整理が必要だろうな。まぁ時間ならば、いくらでもある。焦らず、ゆっくりといこう」

彼の骨ばった大きな手が自分のお腹《なか》に回され、レインは自分の手を重ねた。

あまりにも目まぐるしく状況が変わったため、レインはまだひどく混乱していると自覚している。

今まで置かれていた不当な立場についての静かな怒りもそうだが、命を奪われかねない危機に置かれたことも、王への感情を複雑なものにしていた。だが責めたくても王は、レインの手の届かないところへ逃げてしまった。それが余計に気持ちが宙ぶらりんになってしまった原因の一つである。

(今すぐは無理でも……)

シグルトの腕をゆっくり撫《な》でながらレインは考えた。

(いつか陛下のことを赦《ゆる》せるのだろうか……きっとシグルト様は、どんな私でも変わらずに——)

シグルトの温かい、逞《たくま》しい身体《からだ》にもたれかかっているうちにレインはいつの間にかうとうととしていた。彼が優しく自分の髪を撫でてくれるのに安心して、彼女は深い眠りに誘われていった。

☆

竜人の国に入るとすぐに大きな鐘の音が鳴り響き、レインはなんだか愉快な気持ちになる。

（最初に聞いた時はあんなに驚いていたのに、今では帰ってきたという気がするなんて）

それから馬車の外に視線を転じると、しばらくして『祝福の布』が飾られているのが目に飛び込んできた。

「シグルト様、『祝福の布』が飾られています……！」

「ああ」

隣でシグルトが相槌を打つ。レインは流れていく景色の中ではためく美しい布たちを一枚一枚目で追っていった。

（ああ、一年が経《た》ったのだわ……！）

去年もこうして馬車の中から家々に飾られている『祝福の布』を眺めていた。

（あの時は一年後には自分の未来はないかもしれないとも覚悟していて……）

だからこそレインは、竜人の国について学び、知りうる全てを記憶にとどめておこうと願ったのだ。

最期に思い浮かべたいとそう考えて。

だが今は明日を夢見ることはもちろん――隣に座っているこの稀有《けう》な男性と共に歩いていくことだってできる。どこまででも、行けるところまで、好きなように。

そう思ったレインは心から神に感謝を捧《ささ》げた。

（ガラルの神様……私たちのことをもし愛してくださるなら、どうぞ私たちをお導きください。たとえ、一時の選択が間違っていたとしてもその広い御心で見守っていてください……そう……、間違っていたとしても……）

途中で休憩して馬車を降りる度に、竜人たちに囲まれるのは変わらない。以前はシグルトにばかり集中していた竜人たちも、今回はレインにも気さくに声をかけてくれる。

「またお会いできるなんて！」

「この焼き菓子を持っていってください、美味《おい》しいですよ」

「焼き菓子もいいが、よければこの果物もどうぞ！」

前回とは違い、レインも微笑《ほほえ》んで応《こた》えることができる。

「ありがとうございます」

レインの微笑みを見た竜人たちは男女問わず彼女に夢中になる。結果的にあまりにも皆がレインに熱心に話しかけるため、シグルトが苦笑する事態となった。

その中には、去年ピンク色の果実をくれたあの竜人の女性もいた。

「貴女《あなた》は……！」

レインがオパールグリーンの瞳を見開くと、女性は嬉しそうに笑った。

「覚えていてくださったんですね。またお会いできるなんてなんて幸せなことでしょう！」

「もちろん、覚えていますとも！」

「わあ、嬉しい！」

竜人の女性がまるで長年の友人に会ったかのようにレインを抱き寄せるのを、自然に受け止めることができた。

「レインさんがお元気そうで何よりですわ。お肌の調子も良さそうですし」

竜人の女性がハグを解くと、いたずらっぽくウィンクする。

「あの果物、とても美味しかったです。※♪☆▼＊……でしたよね」

家庭教師フェーデとの授業を思い出しながら、竜人の言葉で告げると、女性があけっぴろげな笑顔を浮かべた。

「ええ、ええ、おっしゃる通りです！　私たちの言葉を学んでくださっているのですね、とても嬉しく思います！」

女性がとても喜んでくれたので、レインは嬉しかった。そこへシグルトが会話に入ってくる。

「『俺の』レインはかわいいだろう？」

竜人の女性は今度は大口をあけて笑い始めた。

「あはは、そうですね、『シグルト様の』レインさんはとても可愛いです。あー、そうですか、ようやくシグルト様も伴侶《はんりょ》をお決めになられたんですね」

「ああ」

シグルトがあまりにもあっさり認めたので、内心慌てたのはレインの方だった。けれど竜人の女性は心底嬉しそうな顔で、シグルトに向かって頷いている。

「宰相であっても、一人の男性として幸せになっていただきたいとずっと思っていました。レインさんみたいな素敵な伴侶を得て、シグルト様が今後ますますご活躍されることを願っています」

「ありがとう」

シグルトは短く礼を言うと、レインを女性の方から自分の方へと抱き寄せた。唐突な彼の行動にぽかんとしたレインに対し、女性は分かっていると言わんばかりに片目をつむってみせた。

馬車は渡されたたくさんの贈り物でいっぱいになった。馬車が走り出してしばらくするとシグルトが小さく息を吐いた。

「レインの人気が凄《すご》かったな」

「そうでしたでしょうか……？」

レインの目には相変わらず人々はシグルトを宰相として信頼し、慕っているように思えた。彼らは気が良いのでシグルトの隣にいる自分に声をかけてくれるだけだ、と。

シグルトがちらりとレインを見る。

「レインが皆に愛されるのは嬉しいのだが、正直に言えば少し寂しい」

「寂しい……ですか？」

「ああ。俺だけのレインだったのに、と思ってな……」

「え……？」

「そのうち皆のレインになってしまうのか。そうなったら俺は一人で屋敷に取り残されて、毎晩マルカンの山を眺めながら君と造ったぶどう酒を呷《あお》るしかないな」

至極真面目《まじめ》な口調と表情だったが、シグルトの瞳には愉快そうな光が煌《きら》めいている気がした。

「シグルト様、……もしかして冗談をおっしゃっていますか？」

「ばれたか」

「ふふ、気づいちゃいました」

シグルトがははっと笑うのにつられてレインも満面の笑みになった。シグルトは可愛《かわい》くてたまらない、と言わんばかりに彼女を抱きしめる。

「君がそうやって笑顔を見せてくれて本当に嬉しい」

「はい」

「君が皆に微笑むことができるようになったのも、喜ばしい。それも本心だ」

「はい、シグルト様」

「だがやはり、レインには俺だけを見ていて、俺だけに微笑んで欲しいという気持ちもある。身勝手な願いだと分かってはいるが」

（シグルト様……）

あまりの彼の可愛らしさに、レインの心が蕩《とろ》ける。

「シグルト様にそんな風に言っていただけるなんて……」

「子供みたいだと笑ってくれていいよ」

「まさか」

レインは彼の顔を見ようと動いたが、シグルトが抱きしめる力を強くしてしまい果たせなかった。

「レイン、他《ほか》の人に向かって笑ってくれていいんだが……俺が変な顔をしていても気にしないでくれると助かる」

拗《す》ねた口調で言うシグルトがあまりにも可愛くて、レインは笑い声をあげた。そこでシグルトの動きがぴたっと止まり、彼女は自分が笑い声をあげたのが初めてだったと気づく。

「……私、大きな声で笑いましたね」

シグルトが抱擁している腕から力を少し抜くと、レインの顔を覗《のぞ》き込む。

「うん、かわいい声だった。永遠に聞いていられる」

ふふ、とレインは微笑んだ。

「私、シグルト様に初めてをいっぱい見守ってもらっていますね」

「そうだな」

「これからも……シグルト様に見守っていてもらいたい」

「もちろん」

彼はそう約束すると、彼女の額に口づけを落とした。

☆

王宮では今回は私室ではなく、きちんとした広間にてイルドガルドが待っていてくれた——マーシャと共に。

レインの側仕《そばづか》えはとても緊張したような顔でイルドガルドが腰かけている玉座の脇に立っていた。

(どうしてマーシャが……?)

だがシグルトは驚いた様子も見せずにイルドガルドに帰還の挨拶《あいさつ》をしている。

「イルドガルド様、戻りました」

「ええ、無事に終わったようで何よりだったわね」

「はい、条約締結などもつつがなく……。あとでまたご報告させていただきます」

「そうね。まぁシグルトに任せておけば大丈夫でしょうが」

今日もまた妖艶《ようえん》な笑みを浮かべてイルドガルドがねぎらう。思えばこの女王はいつ会ってもゆったりとした物腰を崩さない。それが竜人の国随一の魔術師だと知れば、納得しかない。

それからイルドガルドはレインに声をかけてくれた。

「おかえりなさい、レイン」

「はい、ただいま戻りました、イルドガルド様……!」

レインの返事にイルドガルドの笑みが大きくなった。

「ふふ、ただいまですって。これでもうレインは私の娘『でも』あるわね……!」

(私の娘、でも……?)

「ねえ、マーシャ? 『貴女の娘』は、本当にかわいいわね」

「――え?」

思わずレインの口から、言葉が漏れる。両目を潤ませたマーシャが、ぐっと口元を噛《か》み締《し》めながら頷いたのが見えた。

「ガラルの王は、レインがガラルの神の愛し子だと気づいた時に、マーシャの口を封じるための魔法をかけたらしいの。腹立たしい、そんなの私が側にいたらすぐ解呪《かいじゅ》してやったのに」

「……口を、封じる……魔法？」

「そう、だからマーシャは自分がレインの母親だってこと、ずっと言えなかったのよ。ガラルの王は怖かったんでしょうね。神の愛し子である貴女が母親と共に育って、自分を恨むようになるのを。それだったら最初から母親はいないものとして育てた方がいいと考えたんでしょう。愚かな男だわ」

ウルリッヒ三世を評する時だけ、イルドガルドの口調が冷たくなる。

レインはイルドガルドの話す内容が理解できずにいた。

（どう、いう意味……？）

彼女は思わず、隣に立っているシグルトの腕に掴《つか》まった。すぐに彼の腕が彼女を支えるように腰に回される。

「こんな突拍子もない話、すぐには信じられないわよね」

イルドガルドは優しく続けた。

「でもこれは本当のことなの。貴女はずっとマーシャに『愛されていた』のよ、レイン」

（私は……愛されて、いた……？）

その言葉がじんわりとレインに染み渡っていく。

過去の思い出が蘇《よみがえ》り、消えていく。

「……わ、私のおかあさま、がマーシャ、なの……？」

レインはマーシャをひたと見つめて、そう尋ねた。同じく立ち尽くしているマーシャの背中をイルドガルドが優しく押す。

「はい……」

掠《かす》れるような声でマーシャが肯定して、ついにレインはそれが真実だと理解した。

「マーシャが、わたしの、おかあさま……？」

「ええ」

レインは震える足で前に一歩踏み出した。

彼女の脳裏に色々なことが駆け巡った。

マーシャだけは、いつだってレインに寄り添ってくれていたこと。悲しい気分の日には、レインの好きなお茶を用意して、できるだけ長く側にいてくれたこと。他の人には頼めなくても、彼女には頼めたこと。マーシャがどうにかしてそれを叶《かな》えようとしてくれたこと。

「昔、誕生日の夜に、誰かが頭を撫でてくれたような気がしたのは……？」

言葉足らずの質問だったが、マーシャには何のことを示しているのかすぐに分かったようだ。

「誕生日の夜ですか？　それは……私です。レイン様の誕生日には私は側にいることを禁止されていましたから、せめて夜だけでも、と」

「……！」

レインは目を見張った。泣き疲れて眠ったあの夜も、マーシャが寄り添ってくれていたのだ。彼女は決して一人ではなかった。ずっと『見えない』存在でもなかった。どの瞬間にもマーシャが、母がいてくれたから。

レインは、愛されていた。

レインの瞳が潤み始める。

それから――。

レインは手首に巻いたままの紐《ひも》を思い出した。

「じゃあ、おかあさまからって渡してくれたこの紐は……」

「私が編みました。新天地に私は行けずとも、せめて想いを連れていってもらえたら、と……」

レインの顔がくしゃくしゃに歪《ゆが》むと、両の瞳から大粒の涙がこぼれだした。

「おかあさま……！」

まるで子供のように泣き続けるレインを、駆けてきたマーシャが強く抱きしめる。マーシャもレインと同じように号泣していた。

こうしてついに母と娘は、いつだってそうしたかったように、しっかりと抱きしめあった。

そんな二人を、シグルトとイルドガルドは静かに見守っていたのだった。

イルドガルドに見送られ、王宮を後にした。もちろん、マーシャも一緒だ。

共に馬車に乗り込み、レインはじっと母の顔を見つめる。ようやくこれが現実だという実感がじわじわと湧いてくる。

「おかあさま、って呼んでもいい？」

マーシャの顔がみるみる歪み、涙をこぼしそうになっているのをなんとか堪《こら》えているのが伝わってきた。それはレインも同じだったが、ふとマーシャの顔を見て呟く。

「私たち、泣きすぎだわ。明日の朝、目が腫れちゃって開かないかもしれない」

自分の瞼《まぶた》を探ると、熱を孕《はら》んでいた。目の前に座っているマーシャの口元が笑みの形を作る。

「おかあさま、私のことをどうぞこれからはレインって呼んで。それからどうか娘に話しかけるみたいにして欲しいの。側仕えとしてではなく」

またマーシャがわっと泣き出したので、レインは慌ててしまった。

「嫌だった？　嫌だったら無理には――」

涙を流しながらマーシャが首を横に振る。

「貴女がいいのなら……」

レインは何度も頷いた。

「もちろん、もちろんです、おかあさま……！」

「ありがとう、レイン」

涙を拭きながらマーシャが微笑み、レインも微笑み返す。

（嬉しい……こんな嬉しいことがあるなんて）

これからも母に近くにいてもらえるのだ。

レインが隣に座っていたシグルトに寄り添うと、彼が背中を優しくぽんぽんと叩《たた》いてくれた。

それからシグルトの屋敷に戻ってきた。

レインは馬車の窓から彼の屋敷を一目見て、思わず声をあげる。

「あっ……！」

庭の木にたなびくのは――。

「あれは、二人で染めた『祝福の布』ですか……⁉」

シグルトが彼女の肩に手を置いた。

「ああ、そうだ」

風に揺られていたのは間違いなくあの日二人で染めた濃い青色の『祝福の布』だった。あまりの美しさにレインは言葉がすぐには出てこなかった。

しばらくしてからようやく彼女は囁《ささや》く。

「とても、とても綺麗《きれい》です……」

「そうだな」

レインは馬車から降ろしてもらい、『祝福の布』が飾られている木の下まで歩いていった。美しい空を背景に、濃い青色の布が風に揺らめいているこの光景を彼女は一生忘れないと思った。

「君を迎えにいく時に俺がここに結んだんだ。絶対にレインを連れて帰る決意のあらわれとしてね。まだ『祝福の布』を飾る時期より早かったから、この家の前を通った竜人たちは、俺の気がずいぶんと早いと思ったことだろうな」

レインはシグルトを振り返ると、微笑みかけた。

「本当に綺麗です。私の大好きな色……だってシグルト様の瞳の色なのですもの」

「君がそう言ってくれて嬉しい」

シグルトが彼女を抱き寄せる。

二人で寄り添い、しばらく一緒に『祝福の布』がはためく様をじっと見上げていた。

レインの脳裏にここ一年であった、様々なことが浮かんでは消えていく。

「陛下が今まで私にしてきたことに対して、まだ気持ちの整理はついていないのですが……」

「ああ」

「それでも陛下が私をこの国に送ると決めたことには感謝をしています」

「うん」

「でもそれもシグルト様が私のことを忘れないでいてくださったから……だからやはりシグルト様のお陰なんです。どれだけ感謝したらいいか分からない」

「感謝なんていらないよ。君と俺が出会えたことが、嬉しい」

シグルトはそっと彼女のほつれ毛を耳にかけてくれた。

「愛している、レイン。今夜『続き』をしてもいいか？」

レインが顔を真っ赤にして頷くと、シグルトが本当に幸福そうに笑った。

☆

シグルトはやはり丁寧《ていねい》にレインを愛撫《あいぶ》した。

まるで食べてしまいたいと言わんばかりに全身を舐《な》められ、秘所にはとりわけ時間をかけられる。

初めての時よりもずっと快感を拾いやすくなっているレインが数回軽く達してから、ようやくシグルトが中に入ってきた。

お互いにもう生まれたままの姿で、彼女はのしかかってきた彼の首にしがみつく。

「んっ、ん……！」

初めての時とは違い、シグルトのものを挿《い》れられても痛みを感じず、むしろ喜んで彼の猛々《たけだけ》しいものを受け入れる。彼もそれを感じたのか、力強い確かな一突きで、奥まで入り込んだ。

彼がはあ、と息を吐いた。

「ああ、きもちがいい。痛くないか？」

「だいじょうぶ、です」

「ん……俺を受け入れてくれてありがとうな」

彼の手がそっと彼女の乳房をさする。先ほどの愛撫ですっかり敏感になったそこはちょっとした刺激でも気持ちが良すぎるほどに良い。

「……んッ」

きゅっと乳首をつままれ、レインは少し身じろぐ。シグルトが熱い息を漏らした。

「中が締まった。動いてもいいか?」

こうしてレインに確認をしてくれるシグルトが愛しい。

「はい」

レインが頷くと、彼がゆっくりと腰を揺らし始めた。

「あっ……あん、んっ……」

最初は小さな動きだったが、レインが喘《あえ》ぎ声をあげていることに気づいたらしいシグルトの腰の動きがだんだんと大胆になっていく。

「んっ、ん、ふっ……!」

「レインッ……!」

愛しげに名前を囁かれると、レインの中の潤みが増し、彼の熱い雄竿《ゆうさお》がごりごりと彼女の蜜壺《みつつぼ》を穿っていく。

「んっ、ん、……あっ!」

彼の雄竿の先が彼女のとりわけ快感に弱い箇所をこする。びくん、と身体を跳ねさせたレインが驚いたように目を見開いた。腰を止めたシグルトが彼女の頬に手を置いた。

「ああ、ここがとりわけ感じるんだな……。君の驚いた顔が可愛いって今日は言ったかな?」

「んっ、そこ、だめっ……」

いやいやと首を横に振るレインを見下ろしたシグルトは壮絶に色っぽかった。ぺろりと舌を出して自分の唇を舐めた彼はとてつもなく野性的に見え、確かに竜人の血を引いているのだと感じさせた。

「これ以上の刺激は旅から戻ったばかりの君には辛《つら》いかな――そうだな、少しだけ体勢を変えてもいいか？」

「はい……」

シグルトが自分の屹立《きつりつ》を彼女から抜き、レインをうつぶせにする。まるで彼女に覆いかぶさるようにのしかかってくると、そのまま後ろから彼女を貫いた。

体勢が変わったことにより、先ほどよりももっと奥まで彼の存在を感じる。

「んっ……」

「痛かったり、苦しかったりしないか？」

シグルトが実際に彼の体重を全てのせてきているわけではないので、問題はない。首を横に振った彼女の手に、上から彼の大きな手が重ねられた。

（まるでシグルト様に閉じ込められているみたい……！）

その想像は、レインをうっとりと陶酔させるのに十分だった。

「じゃあ、ゆっくり動くからな」

彼は決して急いだりはしなかった。後ろからゆっくりとおしこまれると、その抑制された動きがものすごく気持ちよかった。レインは目の前にある枕に額を押しつけて荒い呼吸をつき、忍び寄ってくる快感に備えた。この体勢だと、彼に揺さぶられる度にすでに敏感になっている乳首がシーツにこすれて感じてしまうのだ。

彼の動きが少しずつ大きくなっていき、がつんと奥に送り込まれるととてつもなく気持ちが良くて

どうしたらいいのか分からなくなり、悶《もだ》えるしかない。

「あっ……！」

行き場のない快感を逃がすために、彼女ははくはくと息を吐く。

そんな彼女の手を、シグルトの手がぐっと絡《から》め取った。

がつがつとした腰の動きが、加速していく。

「あっ、あん、あっ……！」

二人の一番密着している場所から、ぐちゃぐちゃと湿った淫靡《いんび》な音が響き、レインの聴覚をも犯した。ぞくぞくと背筋《せすじ》に快感が走り、身震いする。

「レイン、レイン……！」

「シグルト、さまっ……！」

そして彼の舌が後ろから彼女の耳の中にねじ込まれた時、その不意の動きでレインは絶頂に達した。

「ああっ――!!」

あまりの快感に首を上げ、のけぞった。

「……くっ……」

かつてないほどの昂《たかぶ》り方だった。ぎゅうっと中にいるシグルトをしめつけて、レインは目の前が真っ白になる感覚に陥った。やがて、のけぞっていた身体を少しずつ倒していく。

しばらくは呆然《ぼうぜん》としていた。もしかしたら一瞬気絶していたかもしれない。

そのうち彼女はシグルトが自分の中から抜け出す感覚に気づいた。とろりと自分の中から彼の白濁がこぼれ落ちたのを感じる。

（なかに出てる……。嬉しい……）

彼との間に子供ができるかは分からない。もちろん子供ができなくても自分は十分に幸せだろう。

だが、こうして彼が中で精を放出してくれるのが、彼の愛の証明のようでレインは嬉しかった。

「レイン、愛している」

先に呼吸が整ったシグルトが後ろから彼女の耳たぶを舐めた。その刺激だけで、まだ絶頂の余韻に浸っていたレインの身体は小さく震える。

「シグルト様……」

レインが身体をひねって彼を見上げると、ラピスラズリの瞳には間違いなく愛が煌めいていた。

「私も、愛しています」

そうしてレインは瞳を閉じ、愛する人の唇が自分のそれを覆うのを静かに待った。

☆

「嘘《うそ》でしょ、シグの気持ちに本っ当に気づいていなかったの!?」

ジュリアナの呆《あき》れた声が響き渡る。

「気づかないよ、だって俺はシグはずっとブランシュが好きだと思っていたんだもん」

ディーターが答えると、ジュリアナが卵を丸呑《まるの》みしたような顔をしてみせた。

レインがシグルトの正式な伴侶として彼の屋敷で暮らし始めてからしばらくになる。ジュリアナは、レインがガラルの国から戻るやいなや飛んできて、彼女の無事を喜んでくれた。先に帰国していたディーターから話は聞いていたものの、実際自分の目でレインが元気かどうかを見るまでは心配だったとジュリアナは言った。

ジュリアナはレインにとって、初めてできた良い友達である。

そのジュリアナは、以前と変わらずちょくちょくレインを訪れてくれる。彼女だけのこともあるが、今日のようにディーターと一緒に来ることもある。二人ともいつの間にか、レインさんではなく、レインと呼んでくれるようになり、距離が縮まったようで嬉しく感じている。

うららかな春の日、せっかくだからと二階のバルコニーでお茶をしているところだ。

「シグは昔っから一度もブランシュのことなんか目に入ってないよ？　見てりゃ分かるでしょ。ブランシュと私に対する態度、まったく同じだったよ？」

まじかぁ、とディーターが頭をかきむしると、呆れたジュリアナがとどめを刺した。

「お兄ちゃん、仕事はできるかもしれないけど、だからモテないんだって」

「うう……返す言葉がない……」

ディーターは瀕死《ひんし》状態だった。

死にかけのディーターは捨て置き、ジュリアナはレインに話しかけた。

「それで指輪を買いにいくのはいつなの？」

「まだ決まっていないんです」

レインが答えると、少しだけ息を吹き返したディーターが呟く。

「そっかぁ。確かに今はめっちゃ忙しいもんね、シグは」

レインは頷いた。

竜人の国に帰ってきてから、シグルトは後処理に忙しくしている。以前はどんなに忙しくても必ず夕食の時間には戻ってきたシグルトだったが、最近は帰宅が深夜に及ぶこともある。

だが以前と違うのは、彼は必ずレインのベッドにもぐり込んできて彼女を抱きしめて眠る。レインとしては、それだけで十分幸せだった。

朝も共に目覚め、おはようのキスを交わす――時々は、それだけですまない時もあるが。

ジュリアナがにっこりと微笑む。

「ガラルの国では恋人同士は指輪を交換するんだっけ。楽しみね」

「はい」

レインはぽっと頬を染めた。

「よしよし。シグってそういうのちゃんと考えてくれるタイプだったんだねー。宰相だからってのもあるかもだけど、ほんっと、みんな平等に同じ、だったもんねシグは」

ディーターが小刻みにうんうんと頷いた。

「それは分かる。レインには違うよな。俺、二人と一緒の空間にいたら甘すぎて死ぬかと思ったもん。レインはともかく、シグがもう甘ったるすぎて耐えられない」

「お兄ちゃんにも分かるなら本物だね」

ディーターがむっとした顔をしたが、ジュリアナは気にせずに続けた。

「シグ、レインにはやっぱり特別なんだなぁ」

レインにだけ甘い態度であるシグルトに対しての、ジュリアナの評価は高い。

何しろシグルトは、レインに『祝福の布』を贈り、共に仕込んだぶどう酒を飲み、周囲に対してはっきりと彼女が伴侶だと宣言し、その上でガラルの国の恋人の習慣である指輪の交換もしようと約束しているのである。

レインとしては、以前シグルトにもらったブレスレットで十分満足しているのだが、彼はあれは緊急事態用なのだから数に入らないと言い張っている。

なので次のシグルトの休日に、一緒に街に出かける予定なのだ。すぐには見つからないかもしれないが、そういった未来の約束があるだけでレインの胸は甘酸っぱいもので満たされる。

「いやマジで、あんなしまりのない顔のシグは初めて見た」

「それでいいのよ。シグだったら安心して任せられる」

物を与えるだけではなく、シグルトの態度や視線にもはっきりとレインへの愛があらわれていると
ジュリアナは満足そうだ。

今もレインが嬉しそうに微笑むと、ジュリアナが優しげな表情になる。

「もっとシグに愛してもらってね。骨の髄まで」

「骨の髄まで……!?」

「そうよぉー。とろっとろに愛されてね、私にもっと幸せそうなレインの笑顔を見せてね」

ジュリアナは、にこにこと笑いながらそんなことを言う。

そこで一瞬影が走り、消え去った。レインが誘われるように空に視線を送ると、竜が飛んでいった後だった。

「今日は確かに飛ぶのにうってつけの日だよなぁ」

ディーターがのんきそうに言った。

彼が面白《おもしろ》いことを思い出した、とばかりの顔でレインに話しかける。

「そういやレインは知ってる？　男の竜ってさ、あれがふたつあるじゃんね。竜人はひとつなんだけど、残そうと思えばふたつにできるんだよ。シグは竜にはなれないけど、それはできるかもだから、マンネリになったらおすすめ！　たくさん愛してもらってね！」

「――――！？？！！？」

レインが顔を真っ赤にするのと、ジュリアナが隣に座っているディーターの胸板を殴ったのは同時だった。

「いってえな、なんだよ!?」

「下品すぎるのよお兄ちゃん……、レインに言っていい話と悪い話があるの、分からないの……？」

「――そうだ」

そこへ深みのある声が響き渡り、レインは振り返る。

「シグルト様、おかえりなさい！」

レインが表情をぱっと明るくすると、シグルトの瞳が優しく細められた。

「ただいま、レイン」

すたすたと歩いてきたシグルトが彼女のこめかみにキスを落とす。

「ようやく仕事が少し落ち着いたから、明るい内にレインの顔を見ようと思って帰ってきてみたら――」

そこでシグルトの周りの温度がひゅっと下がり、ぎろりと睨《にら》まれたディーターがその場で凍った。

「ごめんね、シグ。お兄ちゃんのことは後で私がちゃんと叱っておくから」

ジュリアナがそう言えば、シグルトの身体から力が抜けた。

「頼むよジュリアナ」

「……ごめんなさぁい……」

ディーターがしおしおとなって謝罪する。

ジュリアナは、せっかくの二人の時間を邪魔したら申し訳ないわ、といってディーターの首根っこを掴んで帰宅していった。

兄妹がいなくなると、シグルトはふうっと息を吐き、レインの隣に腰かけた。

「お疲れでしょうから、お茶を淹《い》れますね」

レインがティーポットに差し伸べた手を、シグルトがはしっと掴む。

「ディーターの言っていたことだが」

「……？」

「俺は鱗《うろこ》が生えてないだけではなく、竜化ももちろんできない。それにどう頑張っても人と変わる姿になることはない。だからあいつが言っていた方法では君を愛することはできないんだ」

（えっ……！　シグルト様、気になさって……？　ていうかディーターさんが言っていた二つで愛するってどういうことなのかしら……）

ほぼ経験も知識もないレインの頭の中は混乱していた。

そしてなんだかシグルトは落ち込んでいるようだ。だが大丈夫ですよ、気にしないでください、と笑って言えるほどの能力はレインにはない。だから彼女はそっとシグルトに寄り添った。シグルトが彼女の身体を抱きしめる。

（きっとシグルト様は、竜人になりきれないご自身が歯がゆいんだわ……）

そして彼が自分にそういった弱みを見せてくれたことが、レインは素直に嬉しい、と思った。彼が自分を信じて、心を見せてくれていると感じたから。

「シグルト様」

「ん？」

「私、今のシグルト様が好きなんです」

そう呟くと、シグルトが小さく息を呑む。

「だから、シグルト様がシグルト様でよかったって思っています」

これで伝わったらいいなと思いながら彼女は言葉を紡《つむ》いだ。

しばらくシグルトは黙って彼女を抱きしめていて、それからようやく、ありがとう、と囁いた。

それからシグルトは彼女の額にキスを落とし、そして唇を奪った。舌を絡め合う深いキスになるのは直《じき》で、レインを夢見心地に誘う。シグルトがキスを解いた時には、レインの身体からすっかり力が抜けていた。そんな彼女が可愛いと思っていることを隠そうともしていない表情で、シグルトが尋ねる。

「お茶はまた、後でいいか？」

「……はい」

これから何をされるのかが分からないほどレインももう初心《うぶ》ではない。シグルトがさっとレインを抱き上げる。二人の寝室へと歩きながら、シグルトはレインに聞こえないように呟いた。

「二つは無理でも、一つで満足させるよう、努力を惜しまないことを誓う」

エピローグ

今年もマルカンの山が燃える夏来《なつき》の日がやってきた。

屋敷のバルコニーからマルカンの山を望み、レインは隣に立っているシグルトを見上げる。シグルトも彼女を見下ろしていて、視線が絡《から》まった二人は微笑《ほほえ》みあった。

シグルトは彼によく似合う生成《きな》り色の半袖のシャツを着ていて、今は二人きりなので胸元のボタンはいくつか開けられている。

「さあ、去年二人で仕込んだぶどう酒を飲もうか」

「はい！」

今夜は夕食と共に晩酌を楽しむことにした。

シグルトがどれだけ食べてもレインが驚くことは最早《もはや》ない。そんな彼がついでくれた自家製のぶどう酒をレインは一口飲んだ。

「とても美味《おい》しいです」

以前よりもずっと健康的になったレインは、シグルトと共にお酒も嗜《たしな》むようになった。すぐに酔ってしまうのであまり量は飲めないものの、酔ってしまったレインを介抱するのはシグルトのもっぱらの楽しみらしい。

竜人の国の宰相であるシグルトがガラルの国の『隠された王女』を娶《めと》ったというニュースはすぐに両国に流されることとなった。それに準じ、竜人の国がガラルの国に食糧支援をすることとなったと大々的に新聞がかき立てた。しかもあれ以来雨が降り続くことはなくなり、ようやくガラルの国も落ち着きを取り戻しつつある。

民間レベルでの交流も徐々に盛んになってきていて、時間はかかるかもしれないが、竜人に対する偏見が少しずつなくなっていったらいい、とレインは願っている。


ガラルの王の意識がもとに戻ることはなく、王弟や王太子の判断により、離宮に移されることとなった。王は日がな一日ぼんやりしたり、うわ言のようなことを呟《つぶや》いていて、自分で自分の世話をすることも難しいらしい。

国民には王が不治の病に冒されており、王弟を後見人にした王太子が今後は実質の為政者となることが発表されることとなった。

またそれとは別に新しく議会を設立することとなった。王弟がレインに約束した通り、ガラルの国は変革の時を迎えている。

「ああ、こういう何気ない瞬間が最高だよな」

レインの目の前でシグルトが微笑む。

シグルト自身、働き方が変わった。以前はディーターが指摘していた通り、シグルトはできる限りの仕事を全て引き受けて朝から晩まで働いていたが、少しずつ周囲に仕事をふるようになった。

『俺《おれ》は別に無理をしていたわけじゃないんだがな』

ある日レインにシグルトがそう言った。

『竜人の国に感謝していて、できることは全部していこうと思ったら、自然とそうなっただけだ』

それもこれも能力の高すぎるシグルトだからこそ、とレインは思った。けれどシグルトの変化は周囲にも伝わっていて、気の良い竜人たちは伴侶《はんりょ》を得たシグルトを一刻も早く帰宅させるため、皆一所懸命働いてくれているらしい。お陰で彼は以前よりも休みが取れるようになり、そんな日はレインと楽しく過ごしている。時には街にでかけ、時には自然を感じるために遠出をし、時にはベッドで淫《みだ》らに愛を交わして。

「そういえば昨日話していた件だが」

「ええ」

それは王弟からレインへの手紙で、フィッツバードが竜人の国に遊学したい、と願っているという報《しら》せだった。王弟は結論はレインとシグルトに委《ゆだ》ねる、と書いてきていた。

レインはその手紙をシグルトに見せて相談した。そして包み隠さず全部話した――幼い頃《ころ》からフィッツバードだけが時々彼女に話しかけてくれていたこと、危険を顧みずに手紙を書いてくれたり、また牢《ろう》に会いに来てくれたこと。

話を聞いているシグルトの眉間《みけん》にどんどん皺《しわ》が寄っていったが、賢明な彼はフィッツバードに関して個人的な意見は述べなかった。

少し考えさせてくれ、とシグルトが言い、レインは了承した。

昨夜の愛の行為は、いつもより濃厚で長かった――気がする。

「実はマーシャから君に手紙がきていたことは聞いていたんだが、まさかそれが彼からだとはな」

レインが瞬きをすると、シグルトが口元に笑みらしきものを浮かべた。

「彼に来てもらおう。ガラルの王族の者が我が国に遊学するのは、両国の今後を考えても歓迎するべきことだ」

「本当ですか！」

ぱっと顔を明るくしたレインに、シグルトが頷《うなず》いた。

「もちろんうちには泊めないがね」

「はい」

「今日サンダーギルの屋敷で預かってもらうように話を取りつけてきた」

「サンダーギル様なら間違いないですね。嬉《うれ》しいです」

レインはニコニコと笑った。

彼女の表情は日々どんどん増えている。

「――嬉しい？」

「はい。その……フィッツバード様もずっと鬱屈《うっくつ》した環境にいらっしゃいましたから、私の大好きな竜人の国に来て、少しでも自由を感じてもらいたいです」

きらきらとした瞳《ひとみ》でそう言うレインの顔を眺めていたシグルトは毒気を抜かれたように笑った。

「まぁ、フィッツなんとかには、見せつけてやればいいか」

ごちゃごちゃとシグルトが何かを言っているが、嬉しくなったレインはもう一口ぶどう酒を飲むのに忙しかった。

ふと彼女の動きが止まる。

「シグルト様」

「ん？」

「ずっと考えていたことがあって……。陛下が『私は何を間違ったのだ』ってシグルト様に聞いていらしたでしょう……？」

「ああ、そうだったな」

「その言葉がずっとひっかかっていました。それに私も自分が、もしかして『間違ったこと』をしてしまってガラルの神様がお怒りになったらどうしよう、と思いましたし……」

レインはワイングラスの中に残っているぶどう酒を見つめながら続けた。

「あの日、シグルト様に言っていただいたことを考えていたんです」

「うん」

「確かに人は間違うもの、ですよね……。大事なのは、気づくこと、そして道を正すこと、それがきっとよりよく生きることなんじゃないかなと最近考えるんです。ガラルの神様だって、たった一度間違ったからって見捨てられることはないですよね――私たちを愛してくださっていたら、なおさら」

「そうだな」

『ガラルの神様……私たちのことをもし愛してくださるなら、どうぞ私たちをお導きください。たとえ、一時の選択が間違っていたとしてもその広い御心で見守っていてください……』

竜人の国に戻ってきた日に、レインはそうガラルの神に祈った。

それからガラルの国で雨が降り続いていないことを思えば、レインの願いはきっと神に通じたのだ。

もちろん神の真意などレインには分かりかねる。

けれど。

「一年雨を降らし続けていたのも、神は陛下が間違いを正すのをきっと促していらっしゃったのではないかと思うんです」

「うん、そうかもしれないな」

いつものように、シグルトの相槌《あいづち》が耳に優しい。

レインは視線をあげると、マルカンの山を眺めた。夕暮れの空を背景に、マルカンの山は炎をあげながら美しく輝いている。

「陛下に誰《だれ》もそのことを教えてくれなかったのね。もしくは教えてもらっても、耳を貸さなかったのかしら。なんて孤独な人生だったんでしょう」

ぽつりとレインは呟いた。

ウルリッヒ三世はレインが神の愛《いと》し子であることに怯《おび》えて心身を蝕《むしば》まれた。だがレインがシグルトとの会話から救われたように、ウルリッヒ三世も誰かとの対話から救われることができたはずである

――聞く耳さえあれば。

ウルリッヒ三世に足りなかったのは、相手を対等に思い、敬う姿勢だった。

だから、王妃も王弟も、王太子も。宰相も魔術師も大神父も、他《ほか》の臣下たちもウルリッヒ三世が正常な精神じゃなくなったことを嘆いていない。

レインだってそうだ。

それこそがウルリッヒ三世への答えだった。

それが何よりも彼に対する罰のようにも思える。

(きっとガラルの神様はそのことを教えたくて、雨を降らせ続けたはずなのに、怯えるばかりで現実から逃げてしまわれただけだったんだわ)

そこまで考えてレインは我に返る。

「夏がやってきた晴れやかな日に、ごめんなさい」

「いいさ」

シグルトはそう言って、レインのワイングラスにぶどう酒をついでくれた。

それから二人で夕食を楽しんだ。

去年二人で仕込んだぶどう酒は、シグルトが以前言っていた通り爽《さわ》やかな風味で飲みやすく、レインはいつになく酔ってしまった。

「ああ、もうこれ以上は座っていられないわ」

笑ったシグルトが彼女を迎えにやってきた。レインを抱き上げて、抱えてくれる。彼の首にしがみつくと、いつもの柑橘類《かんきつ》の香りが漂った。

シグルトが危なげない足取りで二人の寝室に向かう。

ゆらゆらと揺れながらレインは彼の名前を呼ぶ。

「シグルト様……」

「なんだ？」

「いつかその時がきたら、私と一緒にマルカンの山に登ってくださいね」

——竜人は最期を迎える時にマルカンの山に登る
以前聞いた話をレインはいま思い出していたのだ。

「もちろん」

いつものようにシグルトの返答は力強かった。

（ああ、嬉しい……。私、幸せだわ）

レインはたゆたう意識の中でそう思い、シグルトが彼女をそっとベッドに横たえてくれたのを感じていた。

「これからは幸せなことしかないよ、レイン。一緒に幸せになろうな」

（一緒に……）

最後にシグルトが彼女の額に小さくキスを落としてくれたのを感じて、レインは意識を手放した。

★

シグルトはくったりとしたレインにブランケットをかけてやってから顔をあげた。

（マルカンの山、か……）

彼はそっとベッドに腰かけ、誰よりも愛しい伴侶を見下ろす。今夜のレインは少しはしゃいでいて、彼女の色は暖かみのあるオレンジ色だった。レインの色は基本的に暖かみのある色がほとんどだが、今夜はまた格別だった。

彼女が少しだけ口を開け、寝息を立てているのを見て、心が休まる。

（君がいない世界では生きていけないから、その時は俺も一緒に逝《い》くつもりだよ……と言ったら君は哀《かな》しむだろうな。だから黙っておくよ）

シグルトは手を伸ばして、レインの頬《ほお》を撫《な》でた。

（もし運が良ければ、ガラルの神が俺の願いを聞いて、君と俺の寿命を合わせてくれるかもしれないな。そうしたら、同じ瞬間に逝くことができる……。いや、優しい君は、俺の命が短くなったと哀しむだろうか……だったら一秒だけ長く君より生きよう）

シグルトはそこでふっと笑った。

（一人で生きて、一人で死ぬつもりだった俺が……君と共に最期を迎えられるなんて、なんて幸福なのだろう）

彼はそっと身を屈《かが》めて、愛しい伴侶に口づけをした。

「永遠に愛している、レイン」

その言葉が届いたのか、レインの口元に笑みが浮かんだのだった。

どこまでも広がる空の下で、貴方と

MELISSA

ぼんやりとレインは夢の世界から浮上した。誰《だれ》かが彼女の左手を撫《な》でていて、特に薬指にとりわけ丁寧《ていねい》に触れているようだ。誰か、のわけはなく、彼しかいない。

「シグルト、様？」

彼の名前を呼ぶ。昨夜もたっぷりシグルトに喘《あえ》がされたレインの声は掠《かす》れてしまっていた。

「おはよう、レイン。目が覚めたのか？」

シグルトの穏やかな声が返ってきた。

「おはようございます」

シグルトの優しい腕がそのまま彼女を引き寄せる。ふわりとシグルトの香りがして、レインは目をつむったまますり寄った。二人で分け合う体温が温かく、心地よい。

（きもち、いいな……）

彼はしばらくレインの髪を弄《もてあそ》んでいたが、やがて口を開いた。

「俺《おれ》の両親がレインに会いたいと手紙を送ってきた。両親は王都に来てもいいと言っているが、レインが良ければ俺たちが向かおうかと思っている」

うとうとしていたが一瞬で目が覚めた。レインはシグルトを見上げて視線を合わせる。

「もちろんです、ぜひ伺いたいです」

シグルトの表情が和《やわ》らぐ。

「そう言ってくれて、ありがとう」

聞けば彼の養父母はもともと王都で居を構えていたが、シグルトが独《ひと》り立《だ》ちをしたのを機に、馬車で半日ほど離れた岩山の麓の街に移住したのだという。移住先はシグルトが子供の頃《ころ》に家族旅行で訪れた街で、特に義父が気に入ったらしい。

「きっとすごく魅力的な街なのでしょうね」

「うん、他《ほか》にはない感じで、きっとレインも楽しめると思うよ。それにもうすぐ夏だろ？　ちょうど有名な祭りが開かれるんだ。せっかくだからぜひレインにその祭りを見せたい」

（どんなお祭りなのだろう……!?）

シグルトは彼女に驚いて欲しいから、祭りの詳細は秘密だと微笑《ほほえ》んだ。今まで祭りなどに参加した経験がないレインは期待に胸を膨らませた。

「目が輝いているね。張りきったレイン、かわいいな」

身体《からだ》を起こしたシグルトが彼女に覆いかぶさるようにして、キスを落とす。

「ん……ッ」

最初は軽い触れあいだったそれが舌を絡《から》めあう濃厚な交わりになるのは直《じき》だった。

「ふ、ん、……ちゅ」

いつだってシグルトとキスをすると頭の片隅が痺《しび》れたような、陶酔したような気持ちになる。

（あ、シグルト様……もうその気になっていらっしゃる）

彼の逞《たくま》しい部分が固くなり、彼女に押しつけられている。その昂《たかぶ》りに昨夜も散々貫かれたレインの奥が、快楽を思い出して疼《うず》き始めた。

シグルトの愛の行為は、彼らしく決して急がず、どこまでも丁寧で優しい。とことん全身をくまなく愛され、焦《じ》らされ、最後には羞恥心《しゅうちしん》を忘れて中にきてほしいと懇願してしまうほど。

（朝、だったら……きっと、余計に、ゆっくり……で……）

朝一番に愛する人に触れられるのは、しかし恋人だけの特権だ。

シグルトの手がそっと彼女の首筋を撫でる。目覚めたばかりで、いつもよりも敏感な肌に触れられたレインは甘い息を吐いた。

「このまま、いいか？　君を抱きたい」

彼の欲望に満ちた声だけで気持ちが一気に昂る。

「はい、してください」

囁《ささや》いたレインはシグルトに抱きつき、彼の重みを堪能《たんのう》した。

☆

「わぁ、すごい……!!」

レインは目の前にそびえ立つ岩の要塞のような街を見上げて、ぽかんと口を開けた。

まさにそこは別世界だった。

竜人たちは自然を好むため、どこに行っても緑が豊かだったというのに、この街はまったく様子が違う。そびえ立つごつごつした岩山が乱立して並び、緑はほとんど見られない。

この街では石材を切り出すことで糧《かて》を得る採掘の仕事に従事している竜人がほとんどで、他には原石から宝石を創り上げる研磨職人や加工職人などが住んでいるのだという。

シグルトの父はアクセサリーを作るのが趣味で、豊かな鉱山資源が採掘されるこの街に魅《み》せられたらしい。今はこの街で石の採掘業に携わっているということだった。

シグルトの養父母の家は、岩山の麓にあった。

白い岩壁のこぢんまりとした家で、中に入ると外の熱気とは無縁でかなりひんやりとしていた。

「いらっしゃい、シグ、それからレインさん」

「二人とも、よく来てくれたな」

笑顔で出迎えてくれたシグルトの養父母は、竜人らしく体格がよく、また若々しい容姿だった。人の年の頃で言えば三十代後半くらいに見えるだろうか。生みの親ではないからシグルトと顔立ちは似ていないけれど、どことなく雰囲気がよく似ていた。養父はゲオルグ、養母はリーヴァと名乗った。

(やっぱり親子でいらっしゃるのね)

リビングルームに通されると、ふかふかのラグが敷いてあり、大きなクッションがいくつか置いてあった。どうやらこれをソファ代わりに使うらしい。レインはシグルトに手を引かれるまま、とりわけ大きなクッションに二人で並んで腰かけた。ゲオルグが向かいのクッションに座り、リーヴァはお茶を用意すると台所へ向かった。

「観光はどうする？　それとももう祭りに直接行くか？」

「ああ。昼間だとレインには暑すぎるだろうから、祭りからでいいと思っている」

祭りはどうやら夕方から始まるらしい。話しながらシグルトは自然な仕草でレインを抱き寄せた。

（……！）

ゲオルグの前で、と思わずレインは頬《ほお》を染めてしまったが、二人は特に気にした様子も見せずに楽しげな会話を続けている。

「よし、私が穴場を教えてやろう。頂上まで行かなくても、全体が見渡せる場所だよ。ちゃんと日陰だしな」

「ぜひ頼むよ、とうさん」

「あと、お前に頼まれたものもちゃんと完成しているよ。祭りの前に確認してくれ」

「ありがとう」

「なに、お前に何かを頼まれるなんてそうそうないからな。嬉《うれ》しかったぞ」

そこへトレイを持ったリーヴァが戻ってきて、この街の有名なお菓子と珈琲《コーヒー》をローテーブルに並べてくれた。視線を落としたレインは目を見張った。

「わ、とっても綺麗《きれい》ですね……！」

お皿に盛られた一口サイズのお菓子は、驚くほど色とりどりだった。

「ふふ、綺麗でしょ……？　これがナッツが入っていて、一番食べやすいかな。それでこちらはローズ、ざくろ、レモン、それからオレンジ、あとは――」

リーヴァに説明してもらい、レインはその中からまずはナッツが入っているものを選んだ。表面は白っぽいが、側面からはナッツが見え隠れしている。口の中に入れると、ほどよい弾力があり、噛《か》めば噛むほどナッツの風味が甘みと共にふんわりと広がる。

「香ばしくてすごく上品な味ですね……！」

「ふふ、レインさんったらとっても美味《おい》しそうに食べてくれるのねえ」

にこにこしながらリーヴァが他の味もすすめてくれた。どれも美味しいが、彼女が特に好きなのは、ローズとざくろだという。

（全部食べたいけれど、さすがに無理だろうから……どれがいいかな）

熟考しているレインに、シグルトが横から助け舟を出してくれた。

「レイン、俺と半分にするか？　そうしたら全部味見できるんじゃないか？」

「いいんですか……!?　ありがとうございます、シグルト様」

ぱっと笑顔になったレインを愛《いと》しいと思っているのを隠そうともしない表情のシグルト。そんな二人を眺めるゲオルグとリーヴァの視線はどこまでも優しく、包みこむようだった。


夕方、シグルトに連れられて岩山を登った。

ゲオルグに教えてもらった穴場だという山の中腹まで、彼はなるべく登りやすい道を選んでくれた。到着したその場所はまるでちょっとした洞窟のような空間になっていて、街の景色を一望することができた。その上シグルトとレイン以外には誰もおらず、たしかに穴場といえよう。

「疲れただろう」

シグルトがさっと胡座《あぐら》をかいて座ると、ぽんと膝《ひざ》を叩《たた》いた。ここにおいで、の合図で、二人きりの時にシグルトはよくこうしてレインを膝にのせて、後ろから抱きしめるのを好む。

（そ、外だけど……でも誰もいないから……いいかな！）

レインがシグルトの膝に腰かけると、逞しい腕が伸びてきて彼女をしっかりと抱きしめてくれた。

ふわりと、慣れ親しんだシグルトの爽やかな香りがする。

レインは空を見上げた。

「夕暮れがなんて綺麗なのでしょう……！」

夜の帳《とばり》がおりてきて、橙《だいだい》色の空が、だんだんと藍《あい》色へと変わっていく。そこで、ゴーンと一つ鐘が鳴り響いた。

「さあ、始まるぞ。レイン、麓を見てご覧」

シグルトが指さした場所を見下ろしたレインは感嘆の声をあげた。たくさんの白く輝く四角いものが一斉に飛び立ったのだ。それらはどんどん高度を上げていき、藍色の空いっぱいになっていく。

「あれはランタン、ですか……？」

「そうだ」

言っている間に、蝋燭《ろうそく》の火を灯《とも》されたランタンが次から次と飛ばされて空に浮かび上がっていく。

（なんて、なんて綺麗なんだろう……！）

いくつものランタンが一斉に空を駆けのぼっていく姿は、まるで絵本の中のようでとても幻想的だった。レインは自身のお腹《なか》に回されているシグルトの腕をぎゅっと握りしめ、神秘的なその光景を夢中になって眺め続けていた。

やがて日が沈むと、紺色の空を背景にランタンがオレンジ色に輝き始める。

（どれだけ見ていても……飽きないわ……）

頬にあたる風が冷たくなってきたが、しっかりと抱きしめてくれているシグルトのお陰で寒さ知らずだった。

「そういえば、レイン。ランタンを眺めながら願い事を胸の中で呟《つぶや》くと叶《かな》うと言うよ」

「願い事、ですか？　私はもう十分幸せなので、特に何もありませんが……」

「レインらしいな」

シグルトが彼女の髪に自分の頬を押しあてながら呟く。

「そう思えるのも、シグルト様がいてくださるからです」

「うん」

シグルトがレインを抱きしめる腕に力をこめた。

「それもすごくレインらしいが、折角《せっかく》の機会だから何か願ってみたらいい。ちょっとした願い事でいいんだから」

ぽん、と優しく肩を叩かれる。

「それもそうですね、じゃあ……」

（願い事があるとしたら――今まで出会った全ての人が皆、いつまでも笑顔で、幸せでいられますように……。それから……どうか一日でも長くシグルト様と一緒にいられますように……！）

人間である自分と、竜人の血を引いているであろうシグルトとの命の長さは違う。それは仕方ないことだ。だから少しでも、一日でも長く彼と共に生きられたら――。

そこでレインはふと思いついてシグルトに尋ねる。

「シグルト様は、何か願われましたか？」

レインの良き伴侶《はんりょ》であるシグルトはいつも飄々《ひょうひょう》としていて、そういえば彼自身の望みをあまり聞いたことがない。彼女の質問に、シグルトはふっと笑った。

「決まっているだろう、俺の願いはただ一つだ。――レインと一日でも長く一緒にいられるように、だ。それ以外ありえない」

それは自分の願いと同じで、レインはシグルトの腕の中で半身を捩《よじ》って、彼を見上げた。シグルトのラピスラズリのような瞳《ひとみ》が彼女を見つめ返す。

「どうした？」

優しく問われて、レインはゆるゆると笑んだ。

「実は私も同じことを願ったんです。ふふ、嬉しいな」

シグルトも微笑んだ。宰相という立場上、普段は厳しい顔をしていることも多いシグルトが、心から微笑むのはレインの前でだけということを今は知っている。そしてそうして彼が微笑むと、まるで少年のように見えることも、レインだけが知っている特別な秘密だ。

「かわいい」

ちゅっとシグルトが唇を彼女の額に落とした。

「こちらを向いて、レイン」

シグルトに請《こ》われるまま向きを変えると、彼のキスが降ってきた。

いつだって彼に求められると、レインは蕩《とろ》けてしまう。口づけを交わしながら、レインはぎゅっと彼にしがみつく。

「本当に、かわいいな……」

唇を少し離したシグルトがそう呟くと、彼女の唇を齧《かじ》った。

「んっ……」

それからしばらく二人は甘い口づけに夢中になっていたが、そこでゴーン、ともう一度鐘が鳴った。

シグルトが名残《なごり》惜しげにちゅっとキスをすると、顔をあげる。

「『成就の鐘』が鳴ったな」

「『成就の鐘』、ですか？」

長い時を生きる竜人は、いろいろな季節の風物詩やイベントを大切にしているから、その一環だろうかとレインは思った。

「うん。『祝福の布』に似ているんだが、この鐘が鳴ってからランタンを眺めながら想い人に贈り物と共に自身の想いを捧《ささ》げると、成就すると言われている。まぁ場合によっては、もちろん成就しないこともあるが」

シグルトはそう言いながら、自身のシャツのポケットからビロードの小さなケースを取り出した。

「思いを告げることがメインだから、大概は露店などでアクセサリーを選ぶらしいが、実は父に頼んで指輪を作ってもらったんだ」

（あ、そういえば、さっき……！）

『あと、お前に頼まれたものもちゃんと完成しているよ。祭りの前に確認してくれ』

それがまさか指輪を頼んでいてくれたとは。

唖然《あぜん》としているレインの目の前でシグルトがケースを開けた。

そこには半透明のライトブルーの石がついているシンプルな指輪があった。石はシグルトがこれがいいと手紙で書いて送り、ゲオルグが選んでくれたこの街で採石されたものなのだという。

「これは迷いを取り去って、その人の幸運を守護してくれると言われている石で、レインを守ってくれるはずだよ。さあ、手を出して」

言われるがままにレインが震える左手を彼に差し出すと、シグルトが薬指に嵌《は》めてくれた。

「うん、ぴったりだな。我が父ながらいい腕をしている」

ランタンの光のもと、それはあまりにも美しく輝いている。

「とっても素敵。言葉にならないくらい」

指輪を見下ろしているレインの瞳がみるみる潤んでいく。

「気に入ってくれたか？」

シグルトがそんな彼女の顔を覗《のぞ》き込む。

「はい、とても。シグルト様の想いがたくさんこもった指輪ですもの。私……、私、ずっと大事にします」

シグルトはこの指輪をレインに贈ることで、シグルトの養父母にレインが受け入れられたのだと示したかったのに違いない。そしてその想いを汲《く》んだゲオルグがこうして応《こた》えてくれたのだと、レインには伝わってきた。

「ありがとう。もちろん結婚指輪はまた別に探そう」

「ううん、この指輪以外はいりません」

「レインの気持ちは嬉しいが、だが父はあくまでも素人《しろうと》だし……」

躊躇《ためら》うシグルトに対して、レインはきっぱりと首を横に振った。

「ううん、この指輪がいいんです。私、こうやって誰かが私たちのために作ってくださったものがいい」

シグルトは一瞬言葉を呑み、それから微笑んで頷いた。

「そうか、レインがそう言ってくれるなら、これを俺たちの結婚指輪にしようか」

そこでレインにははたと気づいたことがあった。

「あ、でも……シグルト様の指輪はありませんか？」

「実は、父が気を回して俺の分も作ってくれている」

彼が見せてくれたのは、レインの指輪と同じ銀の土台に、同じ石が小さく嵌めこまれた彼女の指輪と対《つい》となるデザインのものだった。石がそこまで大振りではないので、これならば彼も仕事中につけることができそうだ。

「今度は私がシグルト様の指に嵌めても、いいですか？」

シグルトが満面の笑みを浮かべ、その指輪を彼女に渡してくれた。

ゆっくりとシグルトの左手の薬指にそれを通す。なにがあっても、どんな時でも彼女の側《そば》にいてくれるシグルト。誰よりも愛しい彼とこうして指輪を交換できるなんて。レインは胸がいっぱいになった。それもこんなに素晴らしい指輪を、ランタンが飛んでいる幻想的な夜空の下で。

（私、絶対にこの光景を忘れないわ……！）

感極まったレインは、ついに涙をこぼした。その涙の雫《しずく》をシグルトの親指が優しく拭ってくれる。

「シグルト様……私を選んでくださってありがとう」

「レインこそ、俺を選んでくれてありがとう」

「だいすき、です」

「俺も、レインを愛している」

シグルトにレインは手を伸ばし、そして永遠に離さないと言わんばかりの彼に強く抱きしめられた。


それから数日をシグルトの養父母の家で過ごし、名残惜しかったが出立する日がやってきた。

「今度は私たちが王都まで会いにいくよ」

「これからはシグルトの家に行けば、レインさんに会えるのね。楽しみがまた一つ増えたわ」

にこにことしながらリーヴァが口を開いた。

「ああ、それに今回は一緒には来られなかったが王都にはレインの母君もいるからな」

夫婦の邪魔をしてはいけないとレインの母であるマーシャはシグルトの家を出て、街で一人暮らしを始めたところだった。

「まあ、本当に！　ぜひお目にかかりたいわ。結婚式を待っていられないから、すぐに行くわね」

結婚式はまだ具体的な日にちは決まっていない。そもそも夫婦同然として周囲に認められて暮らしているレインは必ずしも式を挙げる必要性は感じていなかった。だがシグルトはもちろん、他にもイルドガルド、ディーターやジュリアナも絶対に結婚式を挙げるべき、と強く主張した。ガラルの国の王の血を引いているレインと、竜人の国の宰相であるシグルトの式なので、さすがに準備はそれなりに必要だが、彼らはなるべく早めにと動いてくれている。

またの再会を約束してシグルトの義父母の家を後にした。

二人は、レインたちの乗った馬車の姿が見えなくなるまで手を振り続けてくれた。

(本当に素敵な方たちだった……!)

レインにも最初からまるで自分の娘のように接してくれ、とても居心地が良かった。竜人たちはおしなべてフレンドリーではあるが、自身の出自に悩んでいたシグルトにとってこの養父母との暮らしは本当に心強かっただろう、とレインは考えた。

それから彼女は左手の薬指に嵌められた指輪を見下ろして、微笑む。この指輪は、レインがディノヴァルド家に受け入れられた証《あかし》なのだ。

「レイン」

そこで隣に座っているシグルトが彼女の名前を呼ぶ。

「はい、シグルト様」

「楽しかったかい?」

尋ねられて彼女は頷いた。

「はい、とても。シグルト様のご両親にお目にかかれて、すごく嬉しかったし——どうしてシグルト様がこれだけ優しくて思いやりのある方なのか、よく分かりました」

「なんだって……？」

彼らがシグルトにどれだけの愛情を注いだのか想像に難《かた》くない。そうしてシグルトは縁もゆかりもない自分をそうやって育ててくれた養父母に深く感謝し、自分の全てを賭けて竜人の国に仕えたいと願ったのだろう。

「お二人がシグルト様を育ててくださったから、宰相に就かれることになって……そして私を見つけてくださった。だから私、お二人にはどれだけ感謝してもし足りません」

「……レイン……」

レインがにっこり微笑むと、感に堪《た》えないといった表情を浮かべたシグルトが彼女をぎゅっと抱き寄せる。

「愛している、レイン」

「私も、愛しています、シグルト様」

そう呟くと、レインは瞳を閉じてシグルトが彼女の唇を奪うのを待ったのだった。

あとがき

皆さま、初めまして。もしくは、こんにちは。椎名さえらです。数多ある本の中から「偽りの王女は、竜人の国の宰相に溺愛される」を手に取ってくださって本当にありがとうございます。

ご縁がありまして、一迅社メリッサ様からこの作品を刊行していただける運びとなりました。望外の喜びで、今でもまだ信じられていないくらいです。

この話は一年以上前からなんとなくぼんやりと頭の片隅にあったプロットを形にしたものです。ご存じの方もおられると思いますが、私は人生の半分ほどを日本国外で過ごしており、異なる国出身の人たちと触れ合うことで、自分の固定観念が揺さぶられるという経験をすることがあります。

『違い』を受け入れ、『自分を変える』ことは決して容易ではないのは身に染みて分かっておりますが、それでも自分ではどうしようもないもので雁字搦《がんじがら》めになってしまっているヒロインが異なる世界と価値観に触れることで『救われる』ことを描きたいと書き始めました。

ですから、レインには自分の力ではどうにもならないほどの重荷を背負わせてしまいました。芯の強い子だと思っていますが、それでもレインがあまりにも辛い立場なので、ヒーローであるシグルトは彼女を優しく包み込んでほしい、という願いを込めて書きました。

彼自身は純粋な竜人ではないというあやふやな出自で思い悩んだ時期はあれど、竜人たちの明るさによって救われ、だからこそ与えることを知っている人かな、と。

何しろプロットを考えている期間が一年あったもので、合間に『無償の愛』について考えていたりしたので、私なりの想いがシグルトに投影されています。

作中でありました通り、シグルトは竜人ではないのでレインは「つがい」ではありません。でもきっとシグルトは「つがい」相手に注ぐような、いや間違いなくそれ以上の深い愛をレインに捧げていくでしょう。

他にもディーターとジュリアナの兄妹や、また偉大なるイルドガルド様（彼女のことが私は大好きです笑）、それから何をどうしても切ないフィッツバードさん。フィッツバードさんも背負っているものが大きいので……彼の物語もまたいつか紡いであげたいと思っています。

さて今回イラストは北沢きょう先生に描いて頂けることになりました。実は小説を書く前の読み専時代からファンだったので、若干挙動不審になっております。そしてもう……本当に……予想を違わぬどころか、予想を上回る美しさで、表紙を前に私は泣いております。挿絵もどれもこれも本当に素敵です。私の宝物がまた増えました。お忙しい中お引き受けくださった北沢先生に心から感謝申し上げます。

最後になりますが、とても丁寧にご指導いただいた編集様、一迅社メリッサ編集部様、この本を刊行するのに携わってくださった全ての方々、そして何よりWEB投稿に付き合ってくださったり、Xで反応をくださったり、そうして私の小説を読んでくださる読者の方々。全ての方々に心から感謝を申し上げます。皆様のお陰で私は今日も小説を書き続けていられています。

以前に比べるとなかなか思うようにWEBに投稿出来ていませんがもちろん続けていきたいと思っていますので、気が向いたときにまたお付き合い頂ければ、こんなに嬉しいことはありません。

レインとシグルトの物語を、少しでも楽しんで頂けることを願って。

椎名さえら

王太子妃に
なんてなりたくない!!
王太子妃編
著▶月神サキ　イラスト▶蔦森えん

偽《いつわ》りの王《おう》女《じょ》は、竜《りゅう》人《じん》の国《くに》の宰《さい》相《しょう》に溺《でき》愛《あい》される

椎名さえら

2023年11月5日　初版発行

著者　椎名さえら

発行者　野内雅宏

発行所　株式会社一迅社
〒160-0022　東京都新宿区新宿3-1-13　京王新宿追分ビル5F
電話　03-5312-7432（編集）
電話　03-5312-6150（販売）
発売元：株式会社講談社（講談社・一迅社）

印刷・製本　大日本印刷株式会社

DTP　株式会社三協美術

装丁　AFTERGLOW

ISBN978-4-7580-9591-4

●本書は「ムーンライトノベルズ」（https://mnlt.syosetu.com/）に掲載されていたものを改稿の上書籍化したものです。

MELISSA

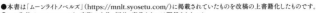